La cazadora de cuerpos

o la ansiedad del deseo

Najat
El Hachmi

La cazadora de cuerpos

o la ansiedad del deseo

Najat
El Hachmi

Traducción de Olga García Arrabal

Ediciones Destino
Colección Áncora y Delfín
Volumen 1725

Título original: *La caçadora de cossos*

Ediciones Destino, un sello editorial de Editorial Planeta, S. A.
Avda. Diagonal, 662-664, 08034 Barcelona (España)
www.planetadelibros.com
www.edestino.es

Primera edición: enero de 2026
ISBN: 978-84-233-6909-6
Depósito legal: B. 22.750-2025
Composición: Realización Planeta
Impresión y encuadernación: Limpergraf, S. L.
Printed in Spain - Impreso en España

Para Carlos, el Amador

La ciudad provoca mixofilia y, al mismo tiempo, mixofobia.

Zygmunt Bauman,
Confianza y temor en la ciudad

No soy sino la mano con la que tú tanteas.

Gabriel Ferrater

La escalera oscura del deseo no tiene barandilla.

Maria Mercè Marçal

Estoy frente a una puerta en lo alto de una escalera. Debería llamar al timbre pero no lo hago. Dudo.

Me seco el sudor de las mejillas como si buscase una caricia. Miro atrás y abajo: demasiado empinada, la escalera es demasiado empinada. Los escalones, estrechos. Y no hay barandilla. Parezco idiota aquí plantada. Solo es un trabajo. Dinero a cambio de horas de vida. ¿Qué me detiene? Que nunca he limpiado la casa de un desconocido. Es íntimo, más que trabajar en una fábrica. Sí, es demasiado íntimo.

Me restriego las manos sudorosas en las perneras del pantalón, cambio el bolso de hombro un par de veces, me rasco la oreja hasta que noto que la piel me empieza a escocer. Me sobresalto al oír el estrépito que he provocado yo misma al llamar al timbre.

Primera parte

Atracón y purga

I

Estoy en el suelo de la cocina, a cuatro patas, las rodillas dentro de los pantalones, molestan. Al recogerme el pelo, apenas sujeto por una pinza, he dejado al descubierto una nuca que ya empieza a lucir ese brillo de piel perlada de sudor. Si alguien quisiera podría contar las pulsaciones que provoca el paso acelerado de la sangre por las venas de mi cuello tenso, interrumpido a cada rato por el brusco gesto de tragar saliva.

Con la boca entreabierta acelero la respiración sin darme cuenta hasta que se convierte en un jadeo suave. Un hilo brillante de saliva amenaza con desbordar la cavidad que forma el labio inferior con los dientes y caer sobre las baldosas de gres, pero siempre la sorbo a tiempo con avidez y me la trago. Me muerdo la mejilla por dentro. Un mechón de pelo se escapa del resto para ir a parar a la parte alta de los hombros, ahora ya húmedos. Al cabo de poco tiempo, otro más largo desciende hasta sobrepasar la clavícula. El movimiento de todo mi cuerpo es de atrás a adelante y con un aumento imperceptible de la presión contra el suelo en cada embestida, con los nudillos perdiendo color cada vez que cierro los puños con fuerza. Arqueo las nalgas, la cintura desciende y la musculatura firme de la espalda se dibuja bajo la piel ligeramente acolchada por una capa de grasa. Las rodillas clavadas en el suelo empiezan a dolerme, amenazando con anestesiarse temporalmente. Muevo una y luego la otra para aguantar lo que me falta para terminar. Las varillas del sujetador me molestan, la parte blanda de los pechos topa con ellas en cada sacudida, pero no tengo tiempo de quitármelo, ya es tarde. Con el movimiento progresivamente acelerado, mis mejillas se habrán teñido de un rojo oscuro. Pequeñas gotas de sudor caen al suelo.

Adelante y atrás, adelante y atrás, entregándome por completo hasta que acabo y me siento sobre los talones. Con el cepillo en la mano, me seco la frente con el trozo de brazo que me queda sin cubrir por el guante de goma.

Se ha levantado de la silla y ha venido hasta aquí. Quizá el ruido que hago lo desconcentra. Soy su primera mujer de la limpieza. Quizá todavía no se ha acostumbrado a tenerme en su casa tocándolo todo. Yo nunca permitiría que me lo hiciesen, no permitiría que nadie accediese a la intimidad de mi suciedad. La amiga que me recomendó, que limpia casas de escritores, periodistas y editores, gente del mundo de las letras, me dijo que era un poco «especial».

Ha venido y se ha quedado de pie en el umbral de la puerta de la cocina; yo he notado su presencia pero he esperado a que me dijera algo. Me observa así, en silencio, largo rato, y, sin decidirlo, arqueo aún más la cintura, noto la carne de las nalgas tensa, como rígida.

Debe de sentir curiosidad por mí. El primer día, nada más abrirme la puerta, ya me dijo que era muy joven. No se ha atrevido a hacer más preguntas ni comentarios. Es prudente. Sabe que en la intimidad de las casas deben medirse las palabras. A mí me excita saber que estamos los dos solos, y más todavía ahora que tengo el cuerpo encendido por los movimientos de la limpieza, pero no transgrediré mi norma más sagrada: no follar nunca con un hombre que me paga. Quien tiene el dinero tiene el poder, y yo soy pobre pero mi sexo es mío.

—Oiga, a lo mejor no hace falta que limpie el suelo así, puede usar la fregona.

Me siento aplastando los empeines con el peso de todo el cuerpo. Noto los tendones tirantes, me aparto un mechón de pelo de la frente con la parte interna del codo y digo que no con la cabeza.

—Esto no se va con la fregona, solo sale así, a fuerza de darle con el cepillo.

—Pero me sabe mal que tenga que arrodillarse...

—No se preocupe, solo lo haré esta vez. La gente cree que lo negro entre las baldosas es así de natural, que los albañiles ya las hicieron así para que quedase bonito, pero ¿ve? Las juntas son blancas. Cuando acaban de ponerlas todas, echan por encima una pasta blanca, la lechada, que después las mujeres de la brigada de limpieza acabamos de pulir. Y si no la echan, las líneas quedan grises. Grises o blancas, pero nunca negras, y menos aún como las tiene Usted, con las juntas sobresaliendo a cada lado de la baldosa.

Hablo tan deprisa como puedo para disimular la excitación. Decir tonterías y dar explicaciones que nadie ha pedido me sirve para disipar el latido incesante en la parte interna de los muslos.

—Nunca me había fijado.

—No, nadie se fija en estas cosas, pero ¿ve? Ahora el suelo parece nuevo.

Me mira sin decir nada, no sé si he hecho que se avergonzase al mostrarle su suciedad. Lo hace de manera extraña. Parece esperar que siga hablando, como si estuviese de verdad interesado en lo que digo. Ahora, de pie frente a él, noto aún más la intensidad de su mirada. Me ausculta con los ojos. Como si pudiese captar todo mi ser por fuera y por dentro. Pero no me desea, no quiere follarme como quieren todos. Continúo limpiando para huir de su inquietante escrutinio.

—¿Trabaja en muchas más casas, aparte de la mía?

—No, la suya es la primera. Yo siempre he trabajado para una empresa, en la fábrica y en la brigada, ya sabe, finales de obra, oficinas, tiendas, locales, almacenes. Hago el turno de noche y así cobro el plus.

Salgo para hacer el baño y lo dejo en la puerta. Oigo cómo vuelve a su mesa y teclea un poco. Puede que lo haya desconcentrado.

Cuando me veo en el espejo del baño bajo la luz blanca de los ojos de buey me entran ganas de continuar hablándole. Me parece verlo en el reflejo reluciente que voy puliendo con el trapo, que mi imagen se mezcla con la suya.

El Ghanés

Siempre me han gustado los diferentes, los exóticos, los extraños. Me fascinan y me atraen como un imán. Cuando comenzaron a llegar extranjeros a mi ciudad tuve que contenerme. Quería probarlos todos. Caminaba por las calles donde vivían y dejaba que me mirasen. Me decían cosas y yo fingía no escucharlas. A veces me hablaban en sus lenguas y todavía me gustaban más. Decidí hacerme con aquel portentoso surtido de hombres de todo el mundo que ahora se me ofrecían en mi propio barrio.

El primer inmigrante fue el Ghanés, al que conocí en una fiesta en un piso abarrotado. Me puse a bailar rodeada por tres o cuatro negros. Me arrimaba a todos, loca de excitación, y ellos me aplaudían por cómo sacudía las nalgas y me frotaba contra ellos. Llevaba un vestido escotado y ajustado, de tela fina, y querría haberme fundido en todos aquellos cuerpos sin saber dónde acababa uno y dónde empezaba el otro. Uno de ellos, alto y delgado, con unos músculos que se deslizaban bajo su piel de noche, me preguntó si tenía novio. Al decirle que no, deslizó sus manos de dedos interminables hasta la carne firme y temblorosa de mi culo y comenzó a sobarme mientras yo encajaba mi entrepierna en la suya.

Me lo encontré un día por la calle y estuvimos un rato charlando, entendiéndonos como podíamos porque él aún no hablaba bien la lengua y yo apenas recordaba cuatro palabras del inglés que había aprendido en el colegio. Pero daba igual, las palabras solo eran una melodía de fondo. Recorríamos con la mirada el movimiento de los labios del otro, cómo se abrían y se cerraban con los sonidos, cómo se vislumbraban la punta de la lengua, los dientes. Que me mirasen la boca mientras hablaba era la confirmación del deseo, y por eso yo había aprendido a utilizar los labios cuando callaba. Entreabría ligeramente la boca, volvía denso el aire que salía de mí, y abría las aletas de la nariz como solo se abren cuando se está a punto para el sexo.

Le dije que iba hacia mi casa y quiso acompañarme por una cuesta entre calles y bloques de pisos. No me hizo falta invitarlo a entrar, solo tuve que abrir la puerta. En el sofá me llegaba el olor de sus axilas y quería hundir la nariz en el interior de su codo. Si me gustaban los diferentes era porque su olor de persona variaba en función de su procedencia. Con el tiempo aprendí a identificar a los hombres por su aroma, y con los ojos cerrados podría adivinar de dónde son. Se acabaron las palabras, y entonces hizo el gesto de quitarme algo de la cara. Sus dedos me cubrían todo el rostro y la manera de acariciarme era distinta. Torpe. Comencé a morderle aquellos labios infinitos, gruesos y carnosos. Del Ghanés me habrían bastado sus labios. Para besarlos, para lamerlos, para morderlos fuerte porque por más que apretase no se rasgaban nunca. Y la encía de sangre. Y los dientes blancos.

En la cama le sobresalían los pies de lo largo que era; encima de mí, me rebasaba por arriba y por abajo. Hablaba en una lengua extranjera y se movía como un adolescente inexperto. ¿Qué me estaría diciendo? ¿Palabras bonitas como de amor y caricias o insultos de látigo? No entender la lengua era todavía más excitante que el silencio. Se me metió dentro muy pronto y yo sentí la carne violentada, como a punto de rasgarse. No encajábamos, y, por mucho que yo intentase sentir placer en un encuentro que había formado parte de mis fantasías desde que lo conocí, lo cierto es que me hacía daño. Tenía que ser excitante estar debajo de un negro que cumplía con el tópico de la polla larga, pero la realidad resultó decepcionante. Me resigné al dolor con cada embestida torpe del Ghanés, deseando que todo terminase. La emoción del descubrimiento se fue apagando y yo me conformé con tener su cuerpo de betún encima del mío y oler una axila de un país soleado. Y utilizar su recuerdo para darme placer cuando estuve sola.

Accedí a repetir con el Ghanés para ver si aprendíamos a acompasar nuestros ritmos, a mecernos en la misma dirección y hallar un encaje más cómodo, pero se confundió y lo estropeó todo. Se presentó un día con una cajita envuelta con un papel brillante. Dentro había un colgante con unos pendientes a juego. Que quería casarse, me dijo.

II

Tengo los muslos apretados contra la parte baja de la ventana. Cuando flexiono las rodillas noto el cristal frío contra la carne húmeda. Con cada movimiento el vestido se me sube hasta permitir, en el descenso, más contacto con la superficie, donde voy dejando huellas que se apresuran a desaparecer. Voy descalza. Cuando clavo los pies en el suelo para tomar impulso, todo mi cuerpo se tensa en una cuerda que alcanza la altura entera del ventanal. Es la tensión del orgasmo, esa en la que todo el cuerpo se contrae antes de soltarse completamente. Asciendo y desciendo. Al mover uno de los brazos, los omóplatos se acercan hasta formar un hueco alargado y brillante. En el codo la piel se engrosa y dibuja una sombra que no acaba de ser ni rosada ni gris. Con una exhalación profunda que me recorre la garganta, la lengua, los labios, me libro de la tensión y doy la tarea por terminada.

Pienso en Él, que siempre viene cuando no toca. Esta mañana me ha enviado un mensaje justo cuando estaba sumergida en sueños de mangueras a presión, olor de desinfectante y salpicaduras de agua fresca. Estaba en la sala fría de la fábrica y de pronto llamaban al timbre de casa. He transitado la frontera entre el mundo de la ficción y la realidad a regañadientes después de cubrirme con las sábanas hasta la barbilla. Calientes. Dormir de día es despertar siempre con una sensación de calor extraña. No es exactamente dormir. Debería haber otra palabra que significase «dormir cuando todo el mundo vive».

Me he aferrado a las sábanas tibias y he intentado volver a las salpicaduras placenteras, pero las interrupciones han continuado. Otro timbrazo. Por fuerza tenía que ser Él, Él siempre insiste. He ido hacia la puerta decidida a gritarle de todo. Cuando la he abierto y le he visto no he dicho nada. No sé si por pereza o por esa media sonrisa suya entre nerviosa y excitada. Se le nota la excitación por cómo mueve los ojos de un lado a otro, sin rumbo. Solo después de orgasmar parece apaciguado.

Me he dado la vuelta para regresar a la cama con un suspiro de resignación, dejando la puerta abierta, pero justo antes de que mi cuerpo se volviese del todo hacia el pasillo, él me ha agarrado por la muñeca. Le he gritado que me dejase, que me hacía daño. No era verdad, pero he exagerado la reacción para calmar la inquietud de mi propia indecisión: aún no sabía si quería decir que no o que sí. Le he repetido que me dejase, pero sin convicción. Entonces ha apretado su vientre voluminoso contra mí, esa barriga que siempre molesta entre los dos. Con una mano me ha estrujado la mandíbula hasta abrirme la boca mientras con la otra en la espalda me ha obligado a descender hasta ponerme de rodillas. Es entonces cuando se me transforma la expresión, se vuelve extraña, y mis ojos adquieren una profundidad que con frecuencia, dice Él, lo hace estremecer. No se sabe si es una mirada de lucha o de desafío, o si es un grito de guerra. Lo que no es seguro es una mirada de víctima ni de fugitiva. Ni de sumisa. Puede que sea una descripción difícil de hacer de una misma, pero yo me veo reflejada en el rostro de mis amantes.

Ahora, con cada pasada sobre el espejo, pienso en las huellas de dedos que he dejado en la pared blanca de casa y en la puerta, todavía abierta. He notado la carne tibia y temblorosa de Él rodeándome los labios, su latido justo antes de ponerse, aterciopelado, sobre mi lengua húmeda. Entones me lo he tragado con avidez hasta notarlo en el fondo de la garganta.

¿Ha escuchado todo esto que le estoy contando en un susurro mientras le limpio el baño? ¿Por eso se ha levantado de su escritorio y ha venido hasta aquí?

Su forma de clicar el ratón es errática, sin un ritmo fijo. Teclea poco. ¿Lo distraigo? ¿Lo desconcentro? A mí también se me hace extraña esta situación. Somos dos desconocidos y compartimos el silencio. Es solo que pronto yo lo sabré todo de Usted: al revolverle los cajones, al tocarle los objetos, al cambiarle las sábanas, al entrar en su baño y ver qué productos tiene y cuáles no. Y Usted, ¿Usted escuchará lo que le cuento en voz baja como si nadie fuese a oírnos?

El Gallego

Lo había conocido hacía unos minutos y estábamos bailando. Me introducía la nariz en los pliegues detrás de la oreja, como si quisiera meterse dentro de mí por donde no hay agujeros. Hacía ruido cuando me olía, un ruido que yo escuchaba a pesar de la música fuerte y estridente. Empezó a decirme al oído todo lo que me haría, y su acento lejano lo hacía más excitante. «Te voy a follar ahora mismo, seguro que tienes el coño mojado.»

Utilizaba esa violencia que les gusta a algunos hombres y que de pronto separa el sexo de la persona, y a mí me parecía bien. Por eso al escucharle las palabras húmedas me encendía todavía más. No hay amor ni afecto ni sentimientos cuando te llaman puta. El Gallego era seguro. Explícito. Sin matices ni malentendidos.

En el lavabo se me comió con ansia, notaba la lengua ahora blanda ahora endurecida introducirse en mí, que era entera de seda. Sus manos grandes y carnosas magreándome los muslos. Estaba todo sucio y el suelo se había inundado de un agua turbia, pero yo cerraba los ojos y me fundía en el Gallego entregado. Lo único que veía de él era su pelo oscuro.

Al volver a la pista de baile me agarraba por la cintura, me besaba, me mordía los labios y los sorbía estirándolos hasta que parecía que fuesen a desgarrarse. Me pellizcaba el culo y me sobaba los pechos como si fuesen una masa de pan. Y todo lo hacía delante del amigo con el que iba, que nos miraba como hipnotizado. Me dio la vuelta y me acercó al otro. Ya éramos tres. Yo, perdida entre dos cuerpos, cuatro piernas rodeando las mías, el aliento de los dos muy próximo. Y ya no sabía de quién era qué, de quién la saliva, de quién los dientes que se clavan, las manos que aprietan con fuerza. Y entonces, en la penumbra de la sala, el Gallego me descubrió por completo los pechos y se los mostró a su amigo, como un trofeo. Era yo lo que le ofrecía. Me agarré a su nuca y apoyé la espalda en él mientras su amigo disfrutaba lamiéndome los pechos.

¿Sabe? Las primeras semanas venía intrigada a su casa. Aquí se respira una paz, una calma, que no he encontrado en ningún otro sitio. Puede que porque usted no es como los otros hombres, no como los que yo conozco. Cuando me mira, lo hace de una manera que no entiendo. No es descifrable como la mirada de los amantes que busco, cuyos gustos y personalidad sexual intento averiguar. Usted me mira como si quisiera conocerme y al mismo tiempo como si sintiese alguna compasión por mí. Me hace pensar en mí misma, en qué debo de tener para que me mire así. Y por pensar le hablo, aunque sea en voz baja.

No detectar deseo alguno me desconcierta, no se crea. No estoy acostumbrada a provocar indiferencia. Si se siente atraído por mí, lo disimula muy bien. No sería correcto, por supuesto. Sin quererlo, por una inercia que tengo muy arraigada, a veces intento provocarlo. Pero no voy a contarle cómo. Tenerlo tan cerca y que no quiera invadirme es una experiencia nueva. He aprendido a tolerar esa indiferencia, esa indiferencia suya. Según se mire, es liberador. No tener que pensar en lo que le provoco a Usted como hombre.

—¿Quiere un café?

Lo acepto y cojo la taza rodeándola con ambas manos. Debo de parecer una niña tímida.

—¿Cómo está?

Sé que me lo pregunta por preguntar, por educación, pero veo que me mira con atención y que espera una respuesta larga. No un «bien, bien, voy tirando». No sé qué decirle, disimulo removiendo el café con la cucharilla, miro alrededor, los muebles de la cocina aún tienen el rastro de mis trapos. Soy consciente de que esto no me pasa casi nunca, que me pregunten cómo estoy y esperen de verdad la respuesta. Pero Usted me mira como me mira y me parece que estoy obligada a decirle algo que sea verdad.

—Con sueño. De día es difícil dormir bien.

Pienso otra vez en Él mientras Usted continúa con los ojos puestos en mi rostro y de repente me parece que no puedo escapar, que no puedo engañarme a mí misma aunque mis pensamientos no los vea nadie. Tiene el poder de hacer pensar verdad. Es eso. Vuelvo a Él mientras Usted me mira y me pregunto si lo adivina todo, si ha escuchado lo que le he susurrado antes desde el baño.

—¿Y no es duro trabajar de noche y tener que dormir de día?

—Si no te despiertan cuando duermes, no. Yo bajo las persianas, tengo unas cortinas gruesas y uso tapones para dormir. A menudo se me olvidan: cuando los llevo puestos descanso más, pero a veces me parece que las orejas no respiran. Si nadie molesta puedo dormir todas las horas; como me acuesto a las siete, cuando aún no hay tanta luz ni tanto ruido... Lo peor es cuando alguien llama al timbre. Suelen equivocarse o es el de correo comercial o el cartero o los de la compañía del gas que vienen a mirar los contadores. Yo me levanto y arrastro los pies para gritar «¿qué?», muy fuerte. Deben de pensar que soy una holgazana, una persona que duerme hasta tan tarde, y ellos me contestan con una voz que me parece la más aguda del mundo. No saben lo que significa eso..., volver a dormir habiendo visto que hace un buen día y que la luz se cuela dentro de tu piso por algún resquicio que he dejado por no bajar completamente la persiana. Pero a veces son amigos que no recuerdan que trabajas de noche.

Ya vuelvo a hablar por hablar, diciendo tonterías y dando explicaciones innecesarias.

—¿No ha pensado en trabajar en alguna otra cosa? Es joven.

—Sí, ya lo sé, es algo que todo el mundo me pregunta, y qué quiere que le diga, a mí limpiar me gusta. Habría podido hacer otras cosas, por supuesto, yo terminé todo el instituto, ¿sabe? Pero cuando llegó la hora de elegir una carrera se me hizo tan difícil decidir que busqué trabajo mientras lo pensaba. Y una se acostumbra enseguida a tener dinero propio. O a lo mejor es que nunca he llegado a saber lo que quería ser de mayor. Ahora empiezo a creer que esto de limpiar también puede ser un empleo para toda la vida. ¿Sabe lo que me pasa limpiando? Que me olvido de mí misma y en todo lo que hago hay una utilidad concreta, sé cuáles son los resultados de mi trabajo. Se lo digo porque nadie se cree que me guste limpiar, pero he probado otras cosas y como esto, nada. Eso sí, a estudiar ya no volvería.

III

Si alguien me viese desde el ángulo de la puerta, comprobaría que mi inclinación es perfecta: de pie, las piernas ligeramente flexionadas, los codos sobre los muslos, clavándose sin tregua. Estoy empapada en sudor, tengo las sienes húmedas, la raíz del pelo hace ya rato que se me ha adherido a la piel. Las aletas de la nariz, brillantes, se me inflan y desinflan rítmicamente. Las mejillas parecen haber adquirido cuerpo con los movimientos, de los ojos solo se me ve el párpado mojado, de cuya comisura parece manar un juguillo de hollín. Cuando me doblo dejo entrever el comienzo de los pechos, que suben y bajan con la respiración cadenciosa. Absorta, me seco de vez en cuando las salpicaduras de la cara; no me sorprenden, no me molestan. Ahora me agarro a la superficie blanca, ahora acelero el movimiento, ahora me incorporo de repente, satisfecha.

No acabo de acostumbrarme a limpiarle la casa. Me inquieta ir descubriendo su intimidad. Ver su pijama sobre la almohada y que me llegue su olor. Aunque Usted no huele mucho. He visto que al hacerse la cama había dejado un lado sin remeter. Me inquieta ver su peine en el lavabo. Siempre va muy repeinado y no sé si se peina justo antes de que yo llegue. Lo parece. Intento limpiar como pasando por encima de sus cosas, como si no recogiese de cada rincón información, pero al mismo tiempo grabo cada detalle con una curiosidad de cosquilleo en la punta de los dedos, una curiosidad que se parece mucho a caricias que quieren escaparse.

A Usted también debe de darle cierto reparo que se lo limpie todo, hasta la taza del váter. Parece reservado. Habla poco y mira mucho, con esa atención suya tan extraña. Y ahora se estará preguntando cómo debe de ser para mí limpiar la parte más íntima de una casa, si me gusta. Y ya le dije que sí, que limpiar me hace sentir bien. Como a Usted escribir, perdone la comparación.

Creerá que es denigrante hacer las tareas que nadie más quiere hacer, pero lo que importa es que lo que se haga tenga sentido. Tiene sentido que pueda tener una taza limpia, que no se acumulen los gérmenes por todas partes. Me satisface ver el resultado final: todo reluciente, todo brillante. Me da una especie de paz que no encuentro en ningún otro sitio.

Le adivino el pensamiento: cuando limpio debe de parecerle que me muevo como en el sexo, y más aún con todas esas salpicaduras. Es porque cuando limpio, como cuando follo, pongo en ello todo el cuerpo, estoy toda yo presente y me noto entera. Y el cuerpo y el pensamiento son una única cosa, no me siento escindida. Y ¿sabe qué he descubierto?, que el cuerpo tiene memoria, que contiene recuerdos que hemos olvidado de pensamiento. Por eso cuando limpio pienso en los hombres.

Si Usted supiese los recuerdos que me quedan de los hombres... Me quedan muchos aunque no quiera, porque solo eran para pasar el rato, para divertirme.

Por breves que sean mis encuentros con ellos, no puedo olvidarlos, no he encontrado el modo de borrarlos de mi cuerpo.

El Etéreo

El camino era empinado. Atravesaba un descampado sin asfaltar con algunos coches mal aparcados. Apenas pasaba nadie y los sonidos de la ciudad iban quedando amortiguados detrás de mí. Sentía mi propia respiración, el aire que entraba y salía, entraba y salía de mí. Aquel atajo para ir a trabajar no era por ganar tiempo, era para ganarme el cuerpo, lejos de edificios y calles y personas y cosas que hacer. Era yo y me sentía entera, sin tener que disimular aquel latido constante que tenía el epicentro en la humedad sedosa que había entre mis muslos y se extendía por piernas y vientre, pechos y cuello. Hasta que un día noté que otro jadeo se iba acompasando al mío. Por entonces nunca tenía miedo de los demás, lo tenía de mí misma.

Me excitaba sentir el aliento de un desconocido muy cerca. El silencio de palabras, sin el corsé del lenguaje, era liberador. Y no saber quién era el hombre que me seguía. No conocer ni su rostro. Tan solo su latido, su latido.

Pasado el descampado tuvimos que hablar como hacen las personas: nombre, procedencia, historia. Todas las convenciones absurdas de obligado cumplimiento si no queremos que nos tomen... ¿Por qué? ¿Por un cuerpo que quiere otro cuerpo y no pide nada más?

Me invitó a cenar a su casa. Era un chico, todavía, delgado y espigado. La piel lisa y una incipiente barba dorada, unos ojos que me miraban con una intensidad que a veces me parecía impostada, como las palabras, que camuflan el deseo más que expresarlo. Solo había una cosa que me podía confirmar que le gustaba a un hombre, y era que la carne le creciese sin control, que no pudiesen disimular la erección.

Con el Etéreo repetí unas cuantas veces. Hasta el punto de que a aquello alguien podría haberlo llamado «relación». Pero no, él ya me había dicho el primer día que no le gustaban las definiciones: «¿Por qué tenemos que decir lo que somos? Disfrutemos del momento». Lo decía todo con una lentitud ridícula, como si tuviese que pensar todas y cada una de las palabras que decía. Él no tenía parejas, me insistía mientras yo engullía un plato extraño que había cocinado y ya empezaba a creer que el encuentro no nos llevaría donde yo quería. Hasta que los dos de pie, muy juntos, el latido, el latido, los latidos, y, de pronto, noté algo duro que se me hincaba detrás de los muslos y subía hasta llegar a la nalga. Era una botella de cristal. Me la estaba clavando.

Repetí más de lo que había repetido hasta entonces con ningún hombre. Y es que el Etéreo, a pesar de parecer frágil y débil, cuando callaba y respiraba y me exploraba y me dominaba, era vigoroso e imaginativo. Se deslizaba, se disimulaba a sí mismo en mi cuerpo y de repente reaparecía con fuerza. De pronto me levantaba los brazos y me los apretaba contra la almohada, dejándome desarmada. Y desarmada tenía que disfrutar a la fuerza, no por voluntad propia.

El Etéreo nunca fue brusco ni grosero. Tenía sentido del ritmo. Era un dominador elegante y observador. Diría que leía mi deseo, que lo descifraba en mi pulso acelerado, en los pezones tiesos, en las curvas de mi espalda, en el temblor de mis carnes. En cómo me movía.

El primer día me presionó las vértebras con sus dedos finos y duros hasta que, al final de todo, encontró la abertura anhelante y los metió en ella. Se deslizaban adaptándose a mi interior, y no sé en qué momento cambió los dedos por su miembro firme y largo y me llenó sin dolor, como si me lo hubiesen hecho a medida.

Quizá por eso repetí tantas veces con el Etéreo, porque era diestro entrándome por detrás. Los otros se impacientaban tanto que me empalaban. Me hacían daño. Él no, él acertaba el ángulo, la progresión, el ritmo. Sin tener que decirle nada.

Hasta que poco a poco fue dejando de lado el resto de mi cuerpo. Solo quería mi culo y yo acabé aburriéndome. Eso y que insistiera en que no teníamos ninguna relación pero me preguntase con quién había estado, y si le decía que con un hombre, me soltara frases tópicas de celoso casposo.

IV

Estoy en el suelo, tumbada con la espalda en contacto con la superficie fría. Tengo las piernas dobladas y abiertas dentro de los vaqueros. El movimiento que hago con los brazos deja al descubierto un trozo de mi abdomen, pero solo de vez en cuando. Desde aquí podría parecer decapitada, podría parecer que solo soy un torso si no fuese porque también se me divisa la papada tirante y la fina piel del cuello, que me marca los relieves de la garganta. Que sube y baja bruñida por el sudor. Un sudor que se refleja en los objetos.

Limpiarle los bajos de los armarios es entrar en una intimidad aún más honda, de las que se pegan a la piel como el alquitrán. Volveré a casa y sin querer pensaré en eso, en el polvo de rincones como este. Aquí mis pensamientos adquieren otro ritmo. Como si hubiese entrado en una cueva oscura y fresca. En este piso los recuerdos caen como la nieve de esas bolas de cristal, que no es nieve de verdad.

Bajo este armario me veo a mí misma ayer, subiendo y bajando con frenesí, acelerando el movimiento, olvidándome de la alfombra. Es rugosa y con cada embestida me desollaba las rodillas en busca de un acoplamiento más profundo. Quería sentir la carne de Él al fondo de todo, en el techo de mi cavidad húmeda. Aún noto su rastro, su turgencia firme y tibia.

También noto una escocedura molesta en las rodillas, que se me quemaron con el roce. En aquel momento la piel no me avisó del dolor, como si se desligase de mí y me observase desde fuera, como si no fuese mía, como si no fuese yo. Por eso no sentía que cada vez que apretaba la pelvis contra la de Él una capa minúscula de piel se desprendía y se iba quedando en la tela, unos trocitos que ni yo, especialista en suciedades imperceptibles, podría descubrir jamás entre las fibras anudadas. Él, como siempre, no dejaba de hablar, enlazando una frase con otra sin escucharse. Nunca le he dicho que el sexo perfecto es todo silencio, solo los jadeos, los gritos y la respiración acelerada que hace que tenga el sonido de lo que es, un acto primario e irracional, una entrega a una fuerza diferente de la que nos lleva a hacer el resto de las cosas, diferente de la limpieza. ¿O no? Porque siempre que limpio aquí pienso en los hombres. «¡Calla! —le habría gritado—, calla y escucha la cadencia de nuestros cuerpos y tu orgasmo antes del mío, la respiración que se entrecorta de manera distinta en cada persona. Escucha y mira el espectáculo único e irrepetible de cada éxtasis que se resuelve y acaba.» Eché la cabeza hacia atrás, con él ya solo divisándome las aletas de la nariz, que se abrían y se cerraban, la boca entreabierta, mordiéndome a mí misma. Sorda ante su parloteo insulso y tópico.

El lenguaje previsible que siempre utiliza me hace sentir terriblemente vulgar. Como si en mi papel pudiese estar cualquier otra mujer. Me incliné hasta aferrarme completamente a su cuerpo mientras con la mano, bruscamente, le recorría los labios y él enseguida se las tragaba. Así sí que se calló.

Solo calla así o con su propio orgasmo. Peor fue cuando nuestros cuerpos ya se habían alejado y su verborrea continuaba sin freno. Que me había traído la comida porque había pensado en mí, que quizá no me apetecería salir si tenía que seguir durmiendo. ¿Por qué no se marchaba de una vez? Tenía sueño y no demasiada hambre y le dije que me volvía a la cama. Él estaba a medio sacar los táperes de la bolsa y los dejó sobre la encimera para venir a buscarme. «No, no, no, come conmigo, no quiero comer solo, y después puedo quedarme a echar la siesta.» Pero yo ya tenía una mejilla sobre la almohada y los brazos extendidos a ambos lados del cuerpo con los hombros vencidos del todo. Me acarició el centro de la espalda, la oreja que me había quedado al descubierto. «¿Quieres que juguemos a inventarnos caricias? Me gusta descubrir caricias nuevas contigo.» Medio dormida le dije que ya están todas descubiertas. «Venga...» Me dormí notando unos besos breves que me recorrían el brazo, y cuando me llegaban a la mejilla noté su aliento pesado, denso, que inquieta y no calma.

—¿Ha perdido algo?

Me ha asustado. ¿Cuánto rato lleva plantado en el umbral de la puerta? ¿Ha escuchado todo lo que le he contado en voz baja?

—Aquí también hay que limpiar, ¿ve?

Y le enseño el trapo ennegrecido con la satisfacción de haber reconquistado un espacio a la suciedad. Me agarro al armario con ambas manos y me impulso haciendo que todo mi cuerpo se deslice por el suelo, y con otro impulso me pongo de pie. ¡Uf!

—¿Usted ya ha terminado el trabajo?

—No... Bueno... Yo no acabo nunca con lo mío, yo siempre trabajo. A los escritores nos pasa eso, que trabajamos siempre y parece que no trabajemos nunca.

—Pues no le envidio. En la fábrica fichamos y se acabó, ni un minuto de más a la empresa.

Ahora me mira más que me escucha. En eso debe de consistir su trabajo, mirar cómo son las personas, verlas por dentro cuando ellas ni se dan cuenta e intentar establecer una relación entre lo que dicen y lo que quieren decir en realidad. Lo que se esconde detrás de las palabras. Por eso me mira el fondo de los ojos, las manos, que hablan solas, la lordosis de la columna. Mira cómo lo miro y en un momento concreto, no sé si lo nota, yo también lo miro como me mira a mí, intentando verle el fondo. Le leo el rostro, el color de caramelo de las pupilas, que cambian según lo que piensa.

—¿No se cansa de escribir?

Medita la respuesta mientras se pasa una mano por el pelo para peinárselo y observa fuera de mí, a mi lado, la pared que tengo detrás. Será que no puede pensar si continúa mirándome fijamente.

—No, es algo que me gusta hacer. Es mi trabajo, vamos.

—Pero todo el día aquí encerrado, solo...

—No se preocupe por mí, no estoy tan solo como parece.

Y ahora sonríe con esa complicidad que ya le voy conociendo, pero no lo acabo de entender.

—¿Lo acompañan sus personajes?

—Yo no diría tanto. Me acompaña una vieja conocida: la Harpía. Ella me dice que lo que escribo no vale nada y que me engaño y engaño a todo el mundo fingiendo que soy escritor.

—Pero si ha vendido muchos libros, ¿no? Y ha escrito muchos.

—Sí, pero se ve que la Harpía nunca tiene suficiente. ¿Usted vive sola?

—Sola sola, por eso necesito hacer horas de más. El sábado en la misma fábrica; si hay trabajo, están bien pagadas. Y no se crea que mi casa es muy grande, pero yo sola...

—O sea que no tiene hijos...

—¡No! Antes tendría que encontrar con quién, ¿no le parece?

—Usted es joven, no le costará encontrar a alguien.

—No es que esté sola del todo, tengo una..., ¿cómo lo llaman? Una relación, pero nada serio. Ya sabe que hoy en día, en el tema de los hombres, la cosa está complicada. Es muy difícil, ¿no le parece?

—Bueno, no lo sé, no tengo experiencia en eso, en buscar hombres.

—Pues si yo le contara mi experiencia le demostraría que, ahora mismo, hombres no hay, no sé dónde están. Y las mujeres con las que trabajo también le contarían unas cuantas historias sobre el tema. Todas con hijos de padres distintos o con novios que les pegan o son unos inútiles. Me lo repiten siempre: que los hombres buenos no existen, y yo empiezo a creérmelo. No se ofenda, pero a Usted es que no lo conozco.

Ahora miro el rayo de luz que ilumina una de las baldosas del suelo y veo pasar, solitaria, una hormiga. Me mira y mirándome así me siento atrapada, obligada a seguir el hilo de lo que acabo de decir.

—Yo no tengo la culpa, ¿sabe?

—¿La culpa de qué?

—La culpa de que no haya hombres buenos.

No entiendo que no me lleve la contraria, que no se

ofenda y se marche. En lugar de eso, continúa mirándome.

—Yo no he dicho que tenga la culpa.

Y ahora sonríe.

Me gusta mucho su sonrisa. Y los chistes malos que siempre repite. Y no sé por qué los primeros días me daba vergüenza que me gustase su sonrisa y su modo de ponerse serio de pronto para soltar una observación que me pilla desprevenida. Ahora empiezo a entender la vergüenza, pero al principio no. Al principio incluso me daba vergüenza que me diese vergüenza que todo Usted fuera tan confortable, que estar a su lado me alivie. Me angustia que un día descubra que me hace sentir así. Y aún me angustio más por si le llegan las historias que le susurro mientras limpio.

El Punyabí

El Punyabí tenía la piel de un color que no había visto nunca. Un tono que no es de castaña ni de avellana. Veía en él un continente lejano, húmedo y caluroso, un aire denso y especiado. Lo tenía en el asiento de enfrente un día que iba en tren y comenzamos a mirarnos sin decirnos nada. Una vez y otra y otra hasta que al final éramos dos desconocidos que se observaban intensamente en silencio. Con el sexo latiendo entre nosotros. Con la vista nos recorríamos los labios, la lengua, él mis pechos, yo su entrepierna. No dijimos nada en todo el trayecto.

Lo seguí por calles estrechas y confusas, subí tras él tres pisos de una escalera vieja. Una vez dentro, en un comedor que era cocina y una mesa con un hule verde de flores, en lugar de agarrarme, impaciente, como si su deseo de mí fuese imparable, se puso a buscar comida, a cortar fruta y me sirvió unos rollitos de verduras con especias. Y kétchup. Y a mí se me fue toda la excitación y ya no supe qué hacer con él, con aquel hombre exótico que, de repente, había dejado de serlo.

V

Ahora ya debe de estar habituado a mi presencia semanal. Puede que me echase de menos si no viniese. Usted y yo nos necesitamos el uno al otro. Me gustaría creer que no podría continuar con su vida tranquilamente si de repente yo dejase de limpiarle el piso. Me gustaría que me dijese que me necesita. Vengo cada semana porque tengo que trabajar, pero también para salvarme de mí misma. ¿Sabe? A menudo, cuando estoy cerca de su casa me entra un miedo terrible y por dentro grito: «No», a pleno pulmón. «No, ¡no quiero ir!» Usted soporta mis silencios y ruidos, mi respiración, ya formo parte de su vida cotidiana. Hoy he llegado muy apresurada (ya se lo he dicho, me sabe mal llegar tarde), y he colgado el bolso y la chaqueta en la entrada y me he recogido el pelo mientras sostenía la pinza con la boca y le he dicho que me he quedado dormida. «Que no pasa nada, mujer», pero yo ya estaba en la galería. Y no hace falta que me diga que no pasa nada porque aquí siempre es así, sé que no me pasará nada.

Friego con un trapo las puertas de la cocina; al principio parece que quedan cercos pero enseguida desaparecen y mi trabajo se vuelve invisible. Si lo hago bien es lo que pasa, que es como si no estuviera. No dejar rastro es lo que debe hacer una mujer de la limpieza.

El Inglés

En la sala de fermentación de la fábrica se genera un calor denso. Entré para sacar las bolas de masa que se habían caído al suelo y tardé en fijarme en que el Inglés estaba también por allí. El mono azul se me pegaba a la piel desnuda por el sudor. Olía a cosa viva, un olor que se mezclaba con la grasa de los engranajes. El ruido de las líneas de producción se escuchaba de fondo, amortiguado. Y en aquel silencio tórrido vi las botas con puntera de hierro del Inglés, que estaba arreglando algo. Le llevó tiempo notar mi presencia, y cuando descubrió que lo estaba mirando con aquellos ojos hambrientos lo entendió todo. No había nadie más y solo necesité bajarme la cremallera del mono para quedarme completamente desnuda, al descubierto. Me preguntó algo en su idioma. Solo entendí la palabra *hot*. Y de pronto yo estaba allí, a cuatro patas, cubierta de harina, y aquel hombre, con sus largas manos, me iba dando azotes en las nalgas a cada rato mientras me embestía con celeridad. Fuera la producción continuaba sin detenerse.

Me pone una taza de café aún humeante sobre la encimera y yo le doy las gracias. Me vuelvo a disculpar no tanto por miedo a perder las horas sino por miedo a perder este momento, a perderlo a Usted.

—Es que llevo unos días durmiendo muy mal.

—No se preocupe tanto.

—Es que yo nunca llego tarde. Nunca.

—No pasa nada.

—Sí que pasa, yo no puedo fallar. Si fallo, todo se va a la mierda. Piense que solo me tengo a mí misma, si la cago, la cago, y no hay nadie más que me ayude a levantarme. ¿Lo entiende ahora? Bueno, ¿qué?, ¿ya ha terminado su libro?

Me responde que no, como siempre que le hago la pregunta. No acabo de entender que esté todo el día metido en casa y que no termine nunca.

—Pero tengo unos cuantos libros acabados. Elija uno y se lo regalo.

Le digo que no, que no, que los únicos libros que leo son guías de viajes.

—He visto que tiene una buena colección. Si alguna vez le sobra alguna, del país que sea, no dude en dármela, estaré encantada.

Debe de tomarme por una ignorante, ¿qué mujer de la limpieza lee libros de verdad? Para disimular que de pronto me siento inferior a Usted, inculta y atrasada, le pregunto por el que está escribiendo.

—¿De qué va? Debe de ser largo porque tarda mucho en terminarlo.

—¿Tardo? Pero si solo hace dos meses que viene. ¡Llevo dos años con esta novela!

No sé si lo he ofendido con mi pregunta.

—Y usted, ¿cuánto tiempo hace que limpia en la fábrica?

—No compare, por favor. Yo repito lo mismo una y otra vez. Hay siete líneas de producción, pero son todas iguales, siempre es igual. Manguerazo a todas para quitar lo más gordo y echar los trozos de comida hasta la alcantarilla, enjabonar todas las máquinas, luego rociar agua a presión. Esa es la parte que más me gusta.

No sabe lo que es coger la manguera cuando el agua sale tan potente que la boquilla alargada parece tener vida propia. Y somos nosotras, las mujeres que limpiamos, las que la agarramos con las dos manos y dirigimos la fuerza hacia los rincones más escondidos de los dispensadores de queso, de jamón, o hacia las cintas, que nunca dejan de correr. A mí me gusta ocuparme de las máquinas altas, sostener la manguera con los brazos en alto, y aún más cuando tengo que subirme a la escalera. Te duele todo, pero es una buena manera de sentir que estoy viva.

—¿Así que está bien?

Me lo pregunta cuando ya me he subido a la encimera y estoy limpiando de rodillas la parte más alta de los armarios. Me vuelvo de pronto hacia Usted y descubro que me está mirando de esa manera que tiene de hacerlo. Me encojo de hombros y le digo que bien, bien.

—¿No quiere contarme de qué va su libro? No me ha contestado.

Estiro el brazo hasta la parte de arriba de los armarios y paso el trapo sin mirar.

—Es la historia de una mujer de la limpieza.

—Sí, hombre, eso no se lo cree ni Usted.

—¿Por qué no?

—Pues porque eso no le interesa a nadie. Si nadie quiere limpiar, ¿cómo quiere que haya personas interesadas en leer cómo trabaja una mujer de la limpieza?

—Cada vida tiene su interés, las mujeres de la limpieza también tienen sus secretos, ¿no?

Sigo haciendo círculos con los brazos y hablando con movimientos que me obligan a hacer pausas en medio de las frases.

—Hombre..., secretos no sé, pero en la fábrica hay cada vida... Eso sí, son para llorar.

—Yo estoy escribiendo la historia de una mujer y sus relaciones con los hombres.

Me detengo en seco y lo miro.

—¿Y Usted ya conoce bien a las mujeres como para inventárselas?

—No, conozco a los hombres.

Lo miro incrédula, de hito en hito. Es extraño que ni siquiera parpadee cuando me sostiene la mirada, fijamente. Me pone nerviosa cuando hace eso, me siento como si estuviese expuesta en el escaparate de una tienda.

—Quizá podría ayudarme a entender a las mujeres...

—¿Yo? Quizá, quizá... —digo, poniéndome misteriosa.

—¿Tiene pareja?

—¿Novio? No, yo no tengo novios. Ni loca.

Bajo de un salto y huelo el café como si temiese que cualquier otra persona pudiese aprovecharlo.

—¿Sabe que esta casa tiene algo diferente? Se está muy bien aquí, es como si una estuviese protegida de todo. Es un poco como un refugio, ¿no?

—Me alegro de que se sienta a gusto. ¿Y cómo es que no tiene pareja? Es joven.

Es un poco irritante que no deje de repetir que soy joven; ya lo sé, es una obviedad. Nada que no se cure con el tiempo.

Pienso en Él, que me despierta cuando estoy durmiendo sin que le importe si descanso o no.

—Ya sabe cómo son los hombres. Quiero decir que... no hay. No es como antes, cuando había hombres-hombres; ahora no sé qué les pasa, o son gais o son cosas peores. Peor para nosotras, quiero decir, las mujeres. La cosa está fatal. O se las buscan extranjeras, y así se lo hacen todo, como sus madres, o son unos pervertidos.

Veo que sonríe y calla.

—También debe de ser complicado por su horario, ¿no?

No se lo cuento porque no le tengo tanta confianza, pero su pregunta me lleva a recordar al primer desconocido.

—Lo mejor es un amante que no te complique mucho la vida. Un hombre casado, por ejemplo. Sabes que nunca te pedirá más. Pero a mí, por lo que sea, siempre se me complica todo. Ahora, por ejemplo, tengo uno. Es amante y nada más, lo tenemos claro los dos desde el principio. Pero los amantes, si repites con ellos, dejan de ser amantes y se convierten en otra cosa. Usted, que conoce tantas palabras, quizá sabe cómo se puede llamar a alguien así...

—Yo lo llamaría novio.

—No, novio no. Ya le he dicho que no tengo novios. Y menos si está casado, no puedes tener un novio casado.

VI

Hoy limpio con más energía que nunca. Me muevo con frenesí de un lado para otro y no sigo el mismo orden de siempre. He hecho la cocina, primero los armarios, los fogones de la placa, la nevera, he pasado la escoba. He limpiado los baños, he sacudido las alfombras, he quitado el polvo de todas partes, he limpiado los cristales y he fregado el suelo de toda la casa. Voy de acá para allá, me siento en el váter, resoplo y de pronto me quedo embobada. Hasta que Usted ha salido de su estudio y me ha preguntado si iba todo bien. Lo he mirado a los ojos y le he dicho que sí, pero ya habrá notado que le rehuía la mirada.

—Sí, sí. Solo un poco cansada.

Me entra una especie de vergüenza y no sé por qué. Puede que por no decir la verdad. No a Usted, sino a mí misma. A veces pienso que tiene un poder mágico que hace que no pueda escapar de mis propios pensamientos. Sus «¿Todo bien?» o «¿Cómo está?» son frases que se quedan dentro de mí, en algún lugar, y se convierten en el centro de todo. Como si sus preguntas fuesen esa escobilla del baño que hacemos girar para quitar la mierda pegada en las paredes del váter. Perdóneme por la comparación.

El último día, después de hablarle de Él, ya no podía dejar de pensar en eso. No en Él, sino en lo que es para mí, en lo que somos. Debería haberle contestado lo que me decía el Etéreo, que no hace falta poner etiquetas. Pero, con o sin etiquetas, tarde o temprano aparece la pregunta: ¿qué somos?, ¿qué somos el uno para el otro?

Ayer vino otra vez y, como era lunes, estaba descansada. Hacía tiempo que no dormía de un tirón sin que nadie me molestase... El cuerpo descansado me hace revivir, me levanto con alegría, siento destensados los músculos de la espalda, noto que son parte de mí, que soy yo. Puedo vivir días ignorando partes de mi anatomía, me convierto en una máquina eficiente que hace el trabajo, y, claro, las máquinas no sienten, no notan los chirridos de los mecanismos, ni el calor del horno ni el aire gélido de la sala fría. Las máquinas solo hacen lo que tienen que hacer. Y dormir de día ayuda mucho a esta especie de anestesia del cuerpo.

Pero los lunes suelen ser distintos porque he dormido de noche y me levanto notando todos los músculos que he ignorado durante la semana. Incluso esos tan pequeños detrás de la cintura que recorren los huesos de la columna como una trenza que asciende y asciende hasta el cuello.

Notarme el cuerpo entero me hace sentir un poco menos sola. Como si me hubiese peleado con alguien a quien quiero mucho y de pronto hubiéramos hecho las paces. Por eso al meterme en la ducha el agua estaba un pelín menos caliente que los demás días, cuando giro el grifo hasta ver cómo la piel se me vuelve roja. Ayer estaba tan bien bajo el chorro del agua que decidí hacer una excepción y ponerle el tapón a la bañera.

Por dentro me repetía: mi cuerpo, mi cuerpo. Con

el albornoz, y sin acabar de secarme, quise ir a la cocina para prepararme el primer café mientras escuchaba el ruido a limpio del agua. Abracé mi propia cintura.

Cuando estaba a punto de meterme en el agua había recibido un mensaje de Él. «¿Puedo ir a tu casa a cambiarme? Tengo una reunión esta tarde.» Mi casa... Pensé que, en realidad, él nunca había utilizado esas palabras, como si las hubiese estado esquivando desde que nos habíamos conocido. «Ven», le había escrito justo antes de sumergirme, primero la punta del pie, después entera de golpe.

Cuando le abrí la puerta se precipitó dentro con prisa, dándome un beso de hola en los labios, un beso de costumbre, y colgó la ropa, que llevaba envuelta en plástico, en mitad del pasillo. «¿Te importa que me duche? Es que esta mañana no he parado y ahora me parece que huelo mal.» «No, no», le dije mirándole la expresión, que no era de deseo. Se desvistió con prisa y dejó los zapatos en el pasillo, unos zapatos dados de sí que resultaban grotescos sin los pies, con una forma que decía cómo era él sin estar en ellos. «¿Quieres poner esto? Creo que te gustará.» Me pasó un cedé, que emitió la voz de un hombre que cantaba con un acento extraño. Canciones tranquilas, de amor, ¿no? Un hombre que soltaba un gallo de vez en cuando y parecía saber lo que es amar. ¿Sienten de verdad los cantantes el amor del que hablan, o es un invento para vender discos? Me gustó la primera canción, una que dice así, que dice: «Yo no tengo canciones, me tienen ellas a mí». ¿La conoce? La escuché entera allí sentada, en el sofá, con el sonido del agua corriendo mientras se duchaba. Él cantaba, ¿sabe? Cantaba en mi ducha y parecía feliz. Y era extraño tener a un hombre feliz en mi baño.

Luego se puso mi albornoz... ¿No le daba apuro ponérselo así, mojado de mí? Se miraba en el espejo mientras se secaba el pelo, y al quitarse la toalla le quedaba revuelto. Gracioso. Lo iba mirando desde la puerta del comedor y él me veía a través del espejo y sonreía. Y yo, qué quiere que le diga, también le sonreía. No tenía ganas de pelear. Luego vino una canción triste. Me apoyé en el marco de la puerta mientras él se extendía espuma por toda la cara y preparaba la cuchilla de afeitar. Cada vez que la aclaraba bajo el chorro del agua me miraba y soltaba un «¿qué?». Un qué que no esperaba respuesta.

Ahora que lo pienso, me parece que yo a los hombres los miro mucho como si fuesen un misterio. Intento descifrarlos. Nunca había caído, pero así es como me mira Usted a veces, como leyéndome. Por supuesto que yo no contestaba nada. Nada. Cuando acabó de secarse los pequeños renglones dejados por la cuchilla entre pasada y pasada, con la espuma cerca de las orejas y bajo la barbilla, se me acercó y me dio un beso en la mejilla. Sin prisas, con calma. Me abrazó con ternura, algo que no sabes muy bien lo que es hasta que la tienes tan cerca que ya no puedes esquivarla, deslizando las manos por mi cintura, luego por los hombros, dándome un beso muy ligero en los labios que me pareció que duraba muchísimo. Sin saliva, sin excitación. No sé si es por su corpulencia, pero en aquel momento pensé que aquello era lo más parecido a estar dentro de algo.

—¿Por qué no para un ratito?

Interrumpe mis pensamientos y compruebo que se ha sentado en la butaca con una pierna cruzada sobre la otra. Observar es su trabajo, pensar. Por tanto, me observa. Creo que me espera. Que espera que le diga algo. Me recojo el pelo detrás de la oreja. Mis ojos van de aquí para allá. Le sonrío como por compromiso.

—A veces hay algo y no sabes qué es, como un runrún, ¿a Usted nunca le pasa?

—A mí siempre, para escribir tienes que tener siempre esa especie de desazón.

—Yo no escribo, pero de vez en cuando estoy así y la limpieza se vuelve un caos. La limpieza no debería ser nunca desordenada, debería hacerse desde el principio hasta el final, no puedes pasar el aspirador antes de limpiar el polvo ni barrer el suelo de la cocina antes de limpiar los armarios o la nevera, ni... Bueno, a Usted todo esto no le interesa. Trabajar de noche está bien porque ganas más y con lo que gano puedo permitirme vivir sola, pero trabajar de noche es en realidad como ser un zombi. No se ría, no, ¿es que no ve las ojeras que tengo? Es como no vivir, vivir la vida al revés. Cuando duermes todo el mundo está despierto y cuando trabajas todo el mundo duerme. No puedes llamar a un amigo cuando sales de trabajar, no puedes aprovechar la pausa para...

Me aprieto con fuerza ese músculo que siempre tengo agarrotado y sigo parloteando para disimular lo que de verdad querría contarle. Los pensamientos que susurro cuando no me mira.

—Pero no puedo quejarme, tengo buenos compañeros con los que compartir mis cosas, las mujeres con las que trabajo me hacen reír mucho. Son mayores que yo y les han pasado tantas cosas en la vida que me hacen sentir que tengo suerte de no estar como ellas. Ya sabe, hombres que les daban palizas y cosas así. Para ellas encontrar un hombre que no te pegue ya es mucho.

Hago girar un hilo que tengo entre los dedos. Me

observa. Abro la boca como para decir algo, levanto la vista del hilo, lo miro y vuelvo a guardar silencio. Me concentro en la tarea de intentar que las vueltas al dedo sean cada vez más perfectas.

—¿Usted sabe qué quieren los hombres de las mujeres? Se lo pregunto a Usted porque cuando se lo pregunto a los que conozco me responden lo mismo: «¿Es que no sabes que los hombres solo tenemos una cosa en la cabeza?». Pero esa sola cosa, el sexo, nunca sé lo que es. Qué es para ellos, quiero decir.

—No soy ningún experto, pero puede que quererlas y que ellas los quieran.

—Ay, perdone que me entre la risa. Ahora veo que es todo un romántico. Se nota que se pasa mucho tiempo aquí dentro y que no sabe lo que ocurre ahí fuera.

Veo que se encoge de hombros para no llevarme la contraria. Creo que me moriré sin ver ninguna excepción a la gran norma, la que dice que, en realidad, por mucho que nos cueste admitirlo, los hombres, de las mujeres, solo quieren el sexo.

El Marroquí

Estaba en una calle transitada y lo vi, con los ojos muy azules. Me sonrió y yo a él. Y ya me siguió pidiéndome que lo esperase. Cogimos un tren, luego otro, e incluso un autobús para llegar a su casa. Sus manos me desordenaban, me desabrochaban la blusa con prisas, y al cabo de un rato ya me embestía con fuerza. De repente escuché ruido de platos en la cocina, el ruido de sus compañeros de piso. Yo no cabía en la cama y me desconcentraban los calzoncillos arrugados, las paredes desconchadas que dejaban al descubierto el cemento bajo el yeso. Mirando fijamente aquella desnudez me puse triste de pronto, y en lugar de disfrutar de aquel diferente salí de mí y esperé a que todo terminase.

VII

He abierto el armario de la cocina donde tiene guardada la comida. Ya lo he limpiado otras veces, pero hoy he decidido vaciarlo completamente. De arroz, de pasta seca, de latas. Todo fuera. Y los paquetes medio vacíos, de cosas repetidas, de cosas caducadas. Ya no quedan bolsas arrugadas y amontonadas. Estoy muy orgullosa de cómo lo he ordenado.

Incluso he descubierto un insecto pequeño que ha salido volando cuando lo he visto. De un color gris. Me he quedado mirando sus alas brillantes. Tan pequeño. Cuando se me ha pasado el asco de la cosa viva nacida en la oscuridad, hasta me ha parecido bonita.

Se ha quedado ahí arriba, en la zona donde el blanco de la pared es menos blanco por el aire de tantos días, que lo ha ido ensuciando. ¿De dónde habrá salido?

El Argentino

Estaba en su consulta por una mancha en la piel. Creía que era cáncer. Siempre pensaba que tenía algo grave. El sida o cualquier enfermedad incurable. Me miró el vientre, justo debajo del ombligo, y al hacerlo el pelo le caía sobre la cara. No olía a nada. Su acento me transportaba lejos, a un barco que navegaba hasta el otro extremo del mundo.

Cuando levantó los ojos de la receta le vi aquella mirada de deseo que me intriga y me invita a querer saber qué más, qué más puede pasar. Se la sostuve y me pregunté si sería capaz, si me desearía lo suficiente como para romper todas las normas de los médicos y se me follaría allí mismo, en la camilla. Mi excitación fue creciendo cuando descubrí en él aquel destello. Ambos comprendimos al instante que teníamos el mismo carácter sexual. Entreabrí los labios y exhalé ostensiblemente para confirmar mi disposición. Los pezones duros, que se marcaban a través de la tela fina de la camiseta, no le pasaron inadvertidos. Tenía los dientes afilados y, cuando me mordía, era como un cuchillo. «Sentate acá», me dijo. Y me quitó los pantalones y las bragas y me observó detenidamente, como si estuviese buscando algo, separando mis labios. Yo me quedé callada y lo miraba y esperaba. Hasta que dijo «Bajate», y con un tirón me dio la vuelta y me empotró contra el papel blanco. Con una mano en la nuca, no me dejaba levantar la cabeza. Estaba atrapada y vencida, casi inmovilizada. Entonces comenzó a azotarme las nalgas, lo que me provocó un dolor repentino que se convertía en alivio y excitación al mismo tiempo. Era un dominador de primera.

Como siempre, me ha asustado. Siempre aparece sin hacer ruido.

—¿Ha podido descansar?

Ahora me doy cuenta de que Usted nunca cambia de aspecto, siempre lleva la misma ropa, el mismo peinado, el mismo afeitado. ¿Será porque vengo siempre el mismo día de la semana? ¿Cómo debe de ser cuando hace otras cosas que no sean quedarse aquí? Observo la piel de su cuello. Blanda, pero no sería la palabra. Suelta, una piel que ha vivido más años que la mía y se relaja un poco. Los hombres mayores se parecen todos. Me sorprende que me mire como me mira y me sube toda la sangre a la cara.

—Sí, sí, estoy bien.

Y continúo vaciando armaritos mientras regresa a su escritorio. Vuelvo a pensar en Él, que precisamente vino ayer. Llamó muy agitado cuando yo me estaba mirando en el espejo las líneas finas que me han aparecido debajo de los ojos. Tengo unas cuantas que me han salido de repente. No recuerdo cuándo. Puede que por tantos días de no dormir. «Necesito verte, necesito hablar contigo.» Yo, incrédula, tan solo le respondí un «anda ya». Sé que cuando dice eso de «necesito verte» como si estuviese en un culebrón venezolano lo que en realidad quiere es follar. Y yo, qué quiere que le diga, ya empiezo a estar un poco cansada de tanto sexo apasionado. Cuando es apasionado cada día, digamos que deja de tener gracia, parece mentira, una impostura. Pasión y repetición no casan. Le dije que no podía, que tenía la regla. «No, no hablo de eso, necesito verte de verdad. Salgamos a dar una vuelta con el coche, vayamos a la montaña. Salgamos.»

Cerré la puerta tratando de no hacer ruido, pendiente de si algún vecino me veía salir. Y aquella luz tan clara del día me hizo cerrar los ojos, plantada en la acera, envolviéndome con fuerza con el abrigo. Estaba convencida de que no vendría; nunca habíamos salido juntos fuera del piso, no habíamos cenado en ningún restaurante, no habíamos hecho nada de lo que hacen las parejas a medida que se van conociendo. Pero, por supuesto, yo ni era ni sería nunca su pareja. Ni ganas.

Subí al coche pero no nos besamos. Me dio la mano sonriendo, como si fuese una reunión de trabajo. Por un momento pensé en provocarlo para obligarlo a hacer algo allí mismo, en medio de la calle. Agarrarlo por la nuca y besarlo aunque no quisiera. O todavía peor: mirarlo de aquel modo mientras le apretaba muy fuerte la mano y que él tuviese que resistirse a besarme solo porque la situación no se lo permitía. Si lo hubiese hecho habría demostrado lo que era una evidencia no manifestada por ninguno de los dos: que a pesar de la repetición de nuestros encuentros, aquello no dejaba de ser un simulacro, una farsa. ¿A qué venía lo de salir juntos como dos enamorados? Le pregunté qué mosca le había picado y me contestó que quería estar conmigo, y que no, que aquello no era tan extraño. «Por supuesto que es extraño, nunca hemos salido de casa.» «Tengo ganas de pasear contigo por los lugares que me gustan. Tengo que llevarte al pueblo donde tenemos la casita... Me gustaría viajar contigo, ¿qué te parece? Me invento alguna historia y nos vamos a algún país que quieras visitar. Uno de los de las guías que tienes. Donde te apetezca.» «Anda ya. ¿Y qué le vas a contar a tu mujer?» «Cualquier cosa, un congreso fuera de aquí, no sé. Me da igual, en realidad, yo lo que quiero es pasar una noche entera contigo.» «¿Un congreso? Qué previsible. Qué historia más vulgar así, de repente.» Él, excitado, la mirada entre la carretera y mi rostro. «¿Qué me dices?»

Lo único que podía hacer era observar el paisaje. Al llegar a la montaña, con tanto olor a humedad y a verde, me sentí como mínimo desconcertada.

—No le pregunto si ya ha acabado el libro. Debe de ser muy complicado, ¿no?

—Tan complicado como la vida misma, no me puedo quejar.

—Usted, que es un hombre, ¿sabe lo que les pasa a los hombres? Es que a mí el trabajo me parece muy fácil, pero los hombres... ¡Imposible!

—¿Por qué lo dice?

—Porque hace ya unos cuantos años que los conozco y aún no consigo entenderlos. No sé qué quieren de mí, no sé qué buscan. Parecen buscar una cosa y luego resulta que quieren otra. Y todos intentan confundirte, hacerte creer que lo que quieren es que estés bien, que te lo pases bien tú, pero me parece que es solo una pose. Las mujeres de la fábrica dicen que todos los hombres, todos, buscan lo mismo en las mujeres, que aunque te cases y tengas hijos con ellos y todo, lo único que quieren es follar. ¡Ay, perdone! Muchas de mis compañeras de trabajo se pelean con sus maridos y luego ves que ellos intentan reconciliarse con ellas cuando tienen ganas.

—¿Y quiere decir que no es normal que los hombres busquen a las mujeres? ¿En serio cree que todos son iguales?

—¡Seguro! Si no, no se entenderían algunas de las cosas que hacen. ¡Es que a veces son tan pesados! Te los encuentras por todas partes y parece que quieran pedirte algo, algo que necesitan de ti y que solo tú puedes darles. No sé si me entiende. Yo empiezo a estar un poco harta de todo eso, de los deseos de los hombres. No entiendo por qué me buscan.

—¿No entiende por qué puede gustarle a un hombre? ¿No se considera deseable?

Ahora me ha dejado muda, ya lo ve. Y que me mire

así, sin pestañear... Me tiene acorralada, no puedo escapar a su pregunta. Por fuerza tengo que pensar en ella. Me llevo el dedo a la oreja. Me gustaría rascármela muy fuerte, darle vueltas con la uña hasta notar que la piel se va rasgando y sentir ese alivio de placer. Pero aún estoy frente a Usted y solo puedo tocarme la parte externa, muy cerca del agujero, pero no puedo meter el dedo.

—Los hombres son distintos, a los hombres les gustan todas las mujeres. Yo no he visto nunca a un hombre hacerle ascos a ninguna mujer si podía echar un polvo gratis, ya lo sabe. A las feas les taparían la cara y punto, o no las mirarían.

Veo que no dice nada, pero no parece que esté de acuerdo conmigo. Noto su escepticismo.

—¿Sabe cómo salen insectos como este?

—Son polillas.

VIII

He vuelto a abrir el armario de la comida para ver si aún queda algún insecto. Ninguno. Ni rastro. Los he vencido, he ganado, no podrán conmigo.

Sonrío con satisfacción, pero justo cuando me disponía a cerrar las puertas me he fijado en uno de los botes, justo debajo de la tapa color verde claro. Un velo finísimo apenas visible. Lo cojo y lo abro: toda la tapa tiene un rastro de polillas. Qué asco, qué asco. Lo observo de cerca volviéndome hacia la luz del día que entra por la ventana. ¿Cómo han entrado aquí dentro? Si no se ven, si no se van volando, si no las veo por ninguna parte... Pero están, la seda pegada a los bordes de la tapa lo demuestra. ¿Dónde se habrán escondido? Sacudo el bote y de pronto aparecen las polillas y ascienden y salen volando asustadas. Suben hacia el techo pasándome por delante de la cara, todas juntas, me rozan la piel. Pero ¿de dónde han salido? Sacudo otro y también hay. Y otro y otro. Toda su comida está llena de insectos y a mí me entran ganas de llorar. Todo estropeado con esa asquerosa capa de seda.

Qué repugnancia, qué asco. Se me acelera la respiración.

El Libanés

Yo apoyaba los pies en el asiento de delante y recordaba el trajín de cuerpos de aquella noche de sábado. Estaba de nuevo en el tren de vuelta a casa. El Libanés se sentó al lado de mis pies. Llevaba un perfume pegajoso que yo no había olido nunca. Comenzó a hablarme de la belleza, la belleza de cosas como una noche estrellada, con música de laúd, incienso y velas. Como si adivinase que a mí me gustan los diferentes y quisiera hacerse más diferente de lo que era en realidad, más exótico. Se puso a cantar y de pronto me agarró los pies y me los fue amasando con unos dedos duros y fuertes que se me hundían en puntos que remontaban hasta mi humedad de seda. No disimulé el placer. Me pidió que le regalase las bragas. Las olió mientras me contaba que en su país había sido teniente del ejército. Hablaba mucho. De su familia, de su infancia, daba toda clase de detalles que en lugar de hacerlo cuerpo lo hacían persona. Para que se callase lo invité al baño. Olía a orina y el espejo estaba roto. Me pellizcó los pezones, me agarró el pelo y tiró de él hacia atrás hasta que no pude moverme. Tuve un miedo que no supe si era de verdad o el del simulacro de violencia. En sus ojos había un odio que parecía real. Me tiró del pelo una vez más, y en la tirantez del cuello, con la boca entreabierta, descubrí el descontrol absoluto del cuerpo. Me vi más animal que nunca, ofreciéndome entera a mi depredador. Si hubiera querido degollarme, habría podido hacerlo allí mismo. Al ver mi reflejo en el espejo me entró aún más miedo.

Él volvió a aparecer mientras yo dormía. Estaba en la cama de madrugada cuando intuí la luz intermitente del móvil en silencio. Cerré los ojos tratando de retener la calidez de la habitación a oscuras y de las sábanas tibias, que me envolvían como a una momia. Habría dormido toda la vida, noche y día.

Me dijo que quería hacer algo especial conmigo... «¿Otra vez? Ya fuimos a pasear por la montaña el otro día. Ahora quiero dormir.» «No, no cuelgues, tengo que decirte una cosa muy importante. Que sí, tonta, venga, me paso en dos minutos.»

Su coche estaba lleno de una voz entrecortada. «Tengo una fantasía que me gustaría hacer realidad. ¿Hacemos un intercambio de fantasías? Yo hago lo que tú quieras y tú haces lo que yo te pida.» «Vaya sorpresa», pensé, pero no le dije nada, no quería que pensase que esperaba otra cosa, una continuación del paseo por el bosque del otro día. «¿Estás seguro? Me parece que este juego te puede salir peor a ti que a mí. Tiene que ser algo que no hayamos hecho nunca.» Me agarré tan fuerte como pude al asidero de la puerta del coche y le dije que estaba loco mientras él me cogía la mano con los dedos, que no cabían en los espacios entre los míos. «Yo no pienso hacerlo con ninguna tía delante de ti, si es eso lo que quieres, todos tenéis la misma fantasía de pervertidos. No me van las mujeres.» «No, no, mi fantasía es más sencilla. ¿Ves ese monte de allí arriba, donde está aquella pequeña iglesia? Es un lugar que me gusta mucho, voy a menudo los mediodías que tú no quieres verme y contemplo toda la ciudad desde allí. No está muy elevada, pero tiene muy buena vista. Es un sitio que me ha gustado siempre; cuando hace calor, cuando hace sol, porque puedo ver claramente si la persiana de tu ventana está subida o no, o a la gente andando por las calles. Pero también me gusta ir cuando hay niebla o está nublado. Con la niebla no se ve nada, pero, con las nubes justo encima, desde allí parece que las tengas más cerca, que las puedas tocar. Y tan cerca las tienes que parece que estés dentro de algún sitio cerrado en lugar de a la intemperie.»

«¿Y por qué me cuentas todo esto? ¿Quieres hacer un trío en la iglesia?» «No, tonta, no quiero hacer ningún trío. Quiero follarte mirando la ciudad, quiero follarte desde mi rincón.» «Ah, entonces, ¿esa es tu fantasía? Me parece que es demasiado fuerte para mí.» Me reí con ganas y le lancé una mirada desafiante, y me entró una especie de tristeza que no sabía de dónde provenía. Como todas las tristezas, ¿no? Él volvió a mirarme, serio, y me dijo, aunque pueda parecerle mentira, que la idea lo excitaba mucho, que siempre había pensado en eso pero nunca había encontrado a la mujer que quisiera hacerlo con él. Lo decía abriendo la boca hacia un lado, como si se le fuese a escapar la saliva por allí. Lo más lógico en estas circunstancias habría sido preguntar: «¿Y la tuya?, ¿a tu mujer no le gustaría que te la follases en lo alto de un monte mirando toda la ciudad?». Pero me agarré aún más fuerte, notando el sudor en la palma de la mano, y me callé... No, claro, las esposas no son para hacer esas cosas. O por lo menos no la suya. «Así que ¿aceptas?» Lo miré intentando averiguar qué había detrás de un deseo tan poco convencional y al mismo tiempo tan banal, dónde estaba la trampa. Pero ¿sabe qué? No siempre hay una trampa. A veces solo se trata de que queremos hacer una cosa y punto, y detrás no hay ninguna explicación profunda que justifique los deseos. Qué fantasía más extraña. No es un trío, ni es hacerlo en público (salvo que haya alguien allí), ni invitar a otra pareja ni nada. Por un momento me sentí vencedora pensando: «Pobre infeliz, no sabe que podría pedir cualquier otra cosa». «Y si vamos a follar a la montaña, ¿tú harás después lo que a mí me apetezca?» «Sí.» «¿Sea lo que sea?» «Sí, sí, lo que sea. ¿Qué quieres? ¿Qué querrías hacer que no hayas hecho nunca?» «No, eso sería trampa. Yo cumplo y luego te lo cuento. Pero recuerda que no puedes negarte a nada.» «De acuerdo, de acuerdo, me dejaré atar sin problema.»

Casi me caigo por una pendiente al pisar en falso una piedra que rodó hacia abajo entre los árboles. Sí que se veía toda la ciudad desde allí. ¡Hasta podía ver la fábrica! Escuché el ruido de la piedra, que ya había llegado abajo. Él extendió un mantel de cuadros sobre un pequeño llano. Qué agobio me entró con tanta tierra por todas partes a punto de caer. ¿Cómo es que las montañas no se caen, llevadas por su propio peso? ¿Cómo pueden permanecer en pie como si nada? Se sentó y con una mano se sacudió de inmediato la que había apoyado en el suelo. La tierra era oscura. Olía a campo, a bosque, a hierbas. O más bien apestaba. Todo olía como a algo vivo. El entorno comenzó a hacérseme extraño, no podía apartar de mi cabeza que aquella era la primera vez que lo haríamos fuera de mi casa. Es una tontería, ya lo sé... Lo miraba y me parecía que le veía más que nunca la grasa de la papada, los ojos grandes y aquella boca que nunca cerraba. Incluso cuando callaba parecía a punto de abrirse. Por un momento tuve la impresión de que su boca no encajaba del todo en su rostro, que alguien debía de haberse equivocado al asignarle aquellos dientes y aquellos labios a una cara demasiado corta. Los ojos también le sobraban, comencé a pensar mientras él continuaba hablando sin parar, extendiendo toda la tela y preguntándome si quería comer algo antes o después. «Antes o después ¿de qué?», le habría dicho. Pero, antes de darme tiempo a responder, él ya me había metido la lengua en la oreja, dejándome esa sensación de frío que siempre queda después del rastro de saliva. Solo dejé de notarla cuando, de la excitación, el calor me llegó a la oreja. Mientras hurgaba en ella, yo observaba el humo que salía de una de las chimeneas de la fábrica, mucho más allá. Una fábrica donde trabajan de día personas que duermen de noche y tienen vidas normales. Personas que de noche cenan con alguien, que piden una pizza o comida china o se hacen una tortilla y luego se ponen el pijama para dejar que el sueño venga a buscarlas poco a poco, como la cosa más normal del mundo. Las envidio. Pensé en las pocas ocasiones en que puedo pedir comida china para cenar y no para desayunar. Ninguna de mis comidas es como la del resto de las personas. Veía de lejos el toro y me imaginaba el ruido, cargando y descargando palés de pizzas, cuando él, torpe como siempre, empezó a recorrer mi piel, y ya se precipitaba hacia mi sexo. Le gusta mucho hacer eso, y yo no supe decirle que quizá allí, delante de toda la ciudad, no era lo que más me apetecía en ese momento. Era como un pulpo viscoso que me estuviese sorbiendo hasta muy adentro, agarrándose a mí con todos los tentáculos. Me dejé llevar mientras imaginaba que en realidad aquel pulpo gigante que se aferraba a mí como una ventosa salía de la tierra. Su boca era como otro coño que se me follaba, un coño con tentáculos.

Me enjugué los restos blancos de las comisuras de los labios, de las mejillas. Restos que se habían secado.

Me mojé los dedos con saliva y me los pasé por la piel para ablandarlos. Me molestaba su sabor en mi boca, pero aún me molestaba más sentir mi propio sabor llevado por la boca de él hasta la mía. Nunca me ha gustado que los hombres hagan cosas de esas, que me coman el coño y luego me besen; lo considero una grosería. Puede que haya mujeres a las que les guste su propio gusto, pero a mí no. Y los olores. Me pareció que desprendía más olores allí, entre tanta tierra, que cuando estaba en casa. Engullí un trago de cerveza amarga que me bajó por la garganta hasta caer, mortecina, dentro del estómago. Desayuno de cerveza. Él me acabó de limpiar la mejilla sonriendo. «Te quiero», dijo, así de improviso... Después de decir eso habría estado bien un silencio incómodo o una cara de sorpresa por mi parte, un «yo también te quiero y quiero estar siempre contigo, deja a tu mujer y vente a vivir conmigo». Así habría podido ser, pero yo lo que hice fue escupir un chorro de cerveza al escuchar esas palabras, y no podía parar de reír. «Venga, no fastidies, me tomas el pelo.» Él se volvió para mirar, desconcertado, la ciudad. «Eres una mala puta, ¿cómo puedes reírte de eso?» Yo seguía riéndome mientras le decía que dejase de bromear, que aquello no se lo creía ni él. Me miró indignado. «Pero ¿tú y yo no somos amantes? ¿No estás casado con una persona con la que tienes una hija? ¿Cómo puedes decirme que me quieres?» «Pues mira, es lo que siento, ¿qué quieres?» «No creo que sea lo que sientes, es lo que crees que sientes porque no estás bien con tu mujer y quieres a alguien en quien refugiarte, pero, créeme, tú no me quieres. Estás muy confundido.» No decía nada, solo observaba la ciudad. «Déjalo, ¿vale? No pienso decirte nada más, ya veo que tú no sientes nada por mí.»

«Pero ¿qué dices? ¿Quieres que ahora te diga que yo también te quiero y que seremos muy felices juntos? ¿Es eso? Aquí no estamos en igualdad de condiciones, o sea que no juegues conmigo. No tienes ningún derecho a exigirme nada, no tienes derecho a pedirme nada.» «Vale, vale, olvídalo. Tú y yo, amantes y punto, ninguna duda. Ahora dime, ¿cuál es tu fantasía?» Fue entonces cuando otra piedra salió rondando ladera abajo.

Miro uno de los paquetes de pasta fina sin abrir que hay en el estante de más arriba: también hay polillas. En una de las esquinas del paquete, justo donde el plástico está doblado formando un triángulo que entra hacia dentro, justo ahí hay unos agujeros tan pequeños que solo son visibles si te acercas mucho. Abro un paquete de harina y descubro una colonia entera que rompe la blancura.

No sé cómo contarle lo que ha pasado. ¿Lo que he hecho? No, no es culpa mía. Tendrá que tirar todo esto. ¡Todo! De repente me siento muy cansada. Y culpable. Sin saber muy bien por qué.

IX

Huele raro. ¿Usted no lo nota? Es desagradable, huele como a podrido, como cuando dejas los trapos sin enjuagar después de usarlos y van cogiendo moho hasta tener ese aspecto pegajoso. El mismo olor, pero multiplicado, que se extiende por todas partes y me invade la nariz. Usted ya me ha dicho que no lo nota, pero yo lo busco, olisqueo todas las habitaciones. Ni el comedor, ni la cocina, ni el baño ni su dormitorio. Ah, aquí, en la galería. ¡La lavadora! Está llena de ropa húmeda. La abro y echa un tufo espantoso, y sale un agua teñida de gris blanquecino. Un agua viscosa.

El Vasco

Estaba en la playa, tumbada en una toalla. Y vi que un hombre que tenía al lado me estaba mirando. Era un día de gritos de niños y salpicaduras, cubos y palas en la arena. Nos mirábamos bocabajo, el vasco y yo. Era un hombre gordo con la cara pecosa, alto. Tenía unos dientes grandes y desordenados. Con aquellos dientes ya supe que era de los que muerden y dan latigazos, un dominador contundente. Apenas nos dijimos nada antes de irnos hacia su apartamento. No me besó ni una vez, y, mientras me decía de dónde era, yo ya me imaginaba montañas verdes, árboles gigantes y bosques en silencio. Aún no había cerrado la puerta de fuera y ya me estaba dando azotes en las nalgas, así, sin haber hecho nada antes. Y luego volvió a hacerlo una y otra vez. De un modo extraño, distinto, como metódico. Era un experto que calculaba con precisión hasta dónde debía levantar la mano y cómo debía descargarla. Mi carne ardía, sentía la sangre latiendo. Intentaba buscar alivio tocándome, pero él me agarraba por las muñecas y continuaba azotándome con una precisión quirúrgica.

No hablaba, solo de vez en cuando me preguntaba si quería más con una voz serena que no denotaba excitación de ninguna clase. Yo lo miraba desafiante y le decía que sí, que quería más y más fuerte. «¿Segura? ¿Seguro que podrás aguantarlo?» Y levantaba aún más el brazo y yo le sonreía con la satisfacción de ganarle; con mi resistencia estaba ganando. Luego, además de los azotes, pasó a morderme la espalda hasta que sus dientes casi se encontraban, llevando al límite la elasticidad de mi piel. El dolor era tan intenso que creía que perdería la consciencia, pero después venía una ligereza, un flotar confortable, como si hubiese dejado mi cuerpo, deformado y arrugado, flácido y vencido, sobre una silla. Un descanso, una tregua de mi carne. Salir y descansar.

Cuando el Vasco se cansó de mi culo, me giró hacia él y comenzó a golpearme los pechos, cosa que nunca me había hecho ningún hombre. La piel blanca se me puso roja y al cabo de un rato me salieron moretones. Con la otra mano me pellizcó un pezón. «¿Más?» Y yo contestaba que sí, que más. Y en aquel dolor extremo sentí una felicidad absoluta, la felicidad de dejar de ser. De dejar de desear.

Toco la ropa y el tacto pegajoso me lleva al último encuentro con Él. Fue anteayer. Yo me agarraba a ambos lados de la mesa y él me embestía por detrás. Con cada arremetida la mesa iba golpeando la pared y veía como iba dejando pequeñas hendiduras en el yeso. Él me clavaba sus dedos redondos en el pliegue que crean las nalgas con los muslos, en la carne blanda. Nervioso, como siempre, tenía que parar porque salía de mí sin avisar. Es torpe, no lo puede remediar. Yo volvía la cabeza y lo miraba, no sé si más resignada que desafiante. De pronto me noté cansada de tanta batalla. ¿Por qué siempre tenía que haber lucha en el sexo? ¿Podría ser de otra manera? Entonces ya no era solo la mesa la que chocaba con la pared, también era mi carne la que se clavaba en el canto a medida que él se me aferraba, pegajoso aún. Al acabar me pareció que me abrazaba toda la espalda, dejándose caer encima de mí, y, por un momento, noté su barriga agradable apoyada en los músculos pequeños que rodean la columna.

Me volví para buscar la camiseta, que se había quedado tirada en el suelo. No lo miraba ni me miraba ni me recorría mentalmente por dentro para saber si me sentía como antes de que viniese o para rastrear el latido del orgasmo que a menudo se ramifica en espasmos cada vez más espaciados. En aquella ocasión no tenía que buscar nada porque la única sensación que me había quedado era el escozor por haberme irritado la piel, demasiado seca, con la de él, y porque no hubiera querido esperarse, que tenía prisa. Y yo, cuando me imponen las prisas, sin quererlo, me seco tanto que ya no hay manera de que las cosas sean fáciles. O quizá es que estaba cansada de verlo tan a menudo.

Hizo un ademán como para acariciarme, acercándome la mano a la barbilla, pero esquivé su gesto y él enseguida se puso a hablar sin parar, yendo y viendo de la cocina a ver si encontraba algo para comer.

«Esto dura demasiado. Estoy cansada.»

«Ya sé que no me quieres —me dijo—, que solo me quieres para follar.» Y en la frase había cierto tono de acusación, de reproche.

Ya me dirá si no es irónica la situación: un hombre que le pone los cuernos a su mujer y le reprocha a la amante que no lo ame. Como un escupitajo, acudieron a mí un montón de palabras de indignación que se me acumularon en el hueco de los dientes, bajo la lengua. Palabras como que él ya tenía la vida solucionada, que él no perdía nada. Insultos por querer jugar a las parejitas. Por primera vez también se me quedó en la lengua, subiendo por la garganta como una bocanada de hiel, la gran pregunta: ¿por qué le hacía todo aquello a su mujer? ¿Por qué no era capaz de solucionar sus problemas con ella? ¿Por qué enseguida me buscaba a mí? ¿No la quería, después de tanto tiempo, de una hija, después de pasar con ella cada noche de los últimos años? Todo eso le habría dicho, pero me había prometido que no me metería nunca en su vida. ¿Qué explicación habría podido dar? ¿Clichés rancios sobre buscar fuera lo que no encontraba en casa? ¿Que con ella llevaba tiempo sin entenderse? ¿Que tenían problemas? Siempre que he estado con un hombre casado he pensado lo mismo: que las explicaciones tienen que guardárselas para ellos. Sin embargo, por algún extraño motivo, a menudo se sienten obligados a exponer todas las razones que los llevan a la infidelidad. Patéticos. No hace falta, señores, no hace falta. Yo sé qué pactos tengo conmigo misma, no me conciernen los que ellos tengan con sus esposas. Ya sé que siempre es culpa de la amante. Las compañeras de trabajo hablan pestes de las «otras», esas que engatusan a honorables padres de familia y los llevan por el mal camino. Pero son ellos los infieles, ¿no?

Retuve toda la saliva sobrante entre los dientes y le dije que teníamos que dejarlo haciendo un gran esfuerzo para que no me empezase a caer, traidora, por las comisuras, que cerraba tanto como podía mientras articulaba las palabras. ¿Sabe lo que es hablar limitando al máximo los movimientos de los labios, la lengua, la garganta? «Como quieras», dijo, pero como si no se lo creyese. Puede que sea de los que piensan que cuando las mujeres dicen no titubeando es que en realidad quieren decir que sí y creyera que tarde o temprano podría intentar colarse por alguna de las grietas de mis dudas. Y con razón. ¿Cuántas veces le había dicho que no y luego era que sí? «Es que he conocido a alguien y me gustaría concentrarme en él, me parece que podría funcionar.» No sé si se lo conté para que tuviese celos o para convencerlo de que esta vez quería cortar de verdad. Luego no dejó de moverse por el comedor, riendo, bromeando, decía «qué bien, me alegro por ti. Eso sería perfecto, así estaríamos en la misma situación, así nadie saldría perdiendo». «No, no me has entendido, yo lo que quiero es que lo dejemos. Creo que con este hombre las cosas pueden ir bien. Con él puedo caminar tranquila por la calle, puedo ir a cenar, se puede quedar a dormir los sábados. Contigo todo eso no puedo hacerlo.» «No, no, si está claro que no quieres nada serio conmigo, ya lo dejaste claro el otro día.»

Se me ocurrió decirle que él debería volver a su casa y dedicarle un poco más de tiempo a su matrimonio. Hice el ridículo dándole consejos tópicos con palabras que no quieren decir nada, como «segunda oportunidad».

«¿Y quién es ese hombre que has conocido? ¿Folla bien?» «Bastante.» Pero no quise darle más detalles.

No tenía ninguna intención de contarle nada de lo que pasaba entre el Impotente y yo. De hecho, aún no hemos follado. Lo conocí un domingo por la mañana después de dormir toda la noche. No solo toda la noche: había dormido prácticamente veinticuatro horas, desde que hube llegado del trabajo el sábado por la mañana. Recuerdo haberme levantado para tragarme, medio dormida, galletas de un paquete que luego encontré entre las sábanas. Y aquella mañana, sentada en una terraza, me estaba tomando un café sin creerme que pudiese ver el día de aquella manera, con ojos de persona despierta, con ojos de persona viva. Una mañana de sol, además. El Impotente estaba sentado en la mesa de al lado, solo, leyendo el periódico. Un hombre mayor que yo, alto, delgado y con la piel del cuello ya comenzando a ceder. Es en el cuello donde las personas tienen la edad. Todo el mundo en la plaza me miraba sonriendo, por la espalda descansada, por el sol, por el domingo. Y al encontrarme con la mirada del Impotente él también me sonrió. Volvimos a coincidir al cabo de un rato. Y otra vez, y una más hasta que los dos nos echamos a reír. Lo tenía a poca distancia. Ahora no sabría decirle exactamente de qué comenzamos a hablar, si del sol que hacía, de la plaza o del periódico. Da igual, porque yo ya lo miraba muy atentamente a los ojos e intentaba que no se me escapase ninguno de los movimientos que dibujaban sus labios. De pronto me vino un runrún extraño que no era el de siempre. El runrún que solía notar es un rumor por dentro que empieza en la entrepierna y se te va metiendo dentro, muy arriba, un latido de los músculos pidiendo con urgencia llenar el vacío que forman. Pero el runrún de aquella mañana de domingo estaba más arriba, en la boca del estómago, y hacía el camino inverso al otro. Salía de dentro y parecía extenderse, ramificado, por el resto de la barriga, del tronco, de todo el cuerpo. Un runrún de los que te hacen tener ganas de levantarte de un salto. Daba risa.

—Oiga, ¿sabe que tiene ropa en la lavadora?

—Sí, sí, ya lo sé, pero ya le dije el primer día que de la ropa me encargo yo.

—Pero ¿cuándo hizo la última colada?

—No sé, no sé..., ya lo miraré, usted no se preocupe. Olvídese.

Por supuesto, olvídese, con esta peste por todos lados.

X

Hoy no está. Llevo toda la semana guardando sus llaves como un tesoro. No quisiera perderlas y que pensase que no me importa. He llegado a su casa empapada en sudor, con las bolsas de un lado para otro, nerviosa. Al principio me ha costado abrir la puerta, no sabía hacia dónde debía girar la llave y me ha entrado un pánico absurdo y terrible al pensar que no podría entrar, que no podría hacer el trabajo y que acabaría pensando que soy una irresponsable. Se me ha acelerado el pulso y he sentido un mareo extraño, me ha parecido que estaba a punto de caer por la escalera sin barandilla. Al final, sin embargo, he escuchado aliviada el sonido de la pieza de la cerradura cediendo. Una vez dentro, he dejado las bolsas en el suelo y he mirado el pasillo plantada allí en medio. No sé si esto de limpiar su casa sin que Usted esté será más liberador o más incómodo. Mientras lo pienso, con la mirada recorriendo todos los rincones, oigo el sonido de unos tacones de mujer contra los adoquines de la calle mientras se aleja.

Aprovecho para limpiarle el estudio y hacerlo con mayor libertad, moverme como cuando estoy en mi casa y nadie me ve. Pongo el cedé que tiene en el aparato de música. Clásica, por supuesto. Qué previsible.

Miro su colección de cedés y no encuentro nada que yo conozca. Todo muy extraño. Podría poner la tele. Podría poner el programa de tarde que veo cuando no vengo aquí. No, decido buscar una emisora con canciones de ahora que suenan en todas partes y puedo ir cantando mientras limpio. Apunto en un papel la que tenía puesta para dejarlo todo como estaba, como si nunca hubiese venido. Subo el volumen hasta que me cuesta oír mis propios pensamientos.

Qué quiere que le diga, si ahora no está Usted, tendré que hacerme más agradable el trabajo, ¿no? Además, hoy estoy contenta. Ahora, mientras bailo, recuerdo abrir los ojos en una habitación oscura, muy oscura. Envuelta por aquella negrura densa y tibia pensé: «Soy yo misma, sí. Estoy dentro de mí misma», un pensamiento extraño, pero es que había dormido toda la noche y la mar de bien. Era una habitación sin ranuras en las persianas ni ruido de coches de fondo ni móviles que avisan en silencio. Estaba en casa del Impotente, en una cama que olía a lavanda. «Me gustaría conservar toda la vida esta manera de despertarme —pensé—. Toda la vida me gustaría ser así de... ¿qué? ¿Feliz?» Traté de retener todos los detalles de aquella paz de ser yo entera... Me reconfortaba saberme en una cama, sentir mi piel arropada por las sábanas y por su cuerpo, que olía bien. Era un cuerpo parecido al del Etéreo, aún más liviano, largo y con la piel fina, blanca, una piel suave con mucho pelo por todas partes. Alargué el brazo y lo agarré por la cintura, envolviéndolo entero con las sábanas, que ahora, pese a la oscuridad, reconocía que eran blancas y de algodón de buena calidad. Pensé que en el futuro, cuando quisiera recordar los primeros días con el Impotente, me bastaría con buscar un poco de lavanda. Por culpa del cojín. Un cojín para el dolor de espalda que se calienta en el microondas y te lo pones en la nuca. La tarde del día anterior había llegado tan dolorida de toda la semana que solo con haberme tocado un hombro, quejándome, él ya había ido corriendo a buscar aquel cojín que pesaba. Me había dormido agarrándolo con fuerza, sin soltarlo.

Qué tregua, el Impotente, como si llevase buscándolo toda la vida. Cuando me besó por primera vez bajo la luz de domingo, me entraron ganas de llorar. Por la ternura, por la poca invasión, por la calma con que me sujetaba la barbilla antes de posar sus labios sobre los míos. Soy una tonta, lo sé. «Eres muy muy guapa», me dijo, y no para llevarme corriendo a la cama ni para convencerme de nada. Lo decía porque lo pensaba y yo no hacía más que reírme, volver los ojos hacia otro lado y reír como si fuese muy pequeña y eso me lo dijesen por primera vez. Y en la habitación oscura me abrazaba y con un dedo me recorría el vientre, blando como aquellas bolsas de bolas de masa dentro de los fermentadores de la fábrica. «Buenos días, amor», escuché que me decía al volverse hacia mí, y yo enseguida pensé que qué limpio, qué aliento más limpio de buena mañana. Recordé la cena con velas de la noche anterior, como de postal, él con un delantal en la cocina friendo trozos de carne, las copas de vino con un ribete como de oro. Había observado las cortinas, con un bordado de flores al final, y aquella orquídea tan blanca sobre el mueble del comedor. Una casa limpia y cuidada. Allí me sentía en paz.

Nos habíamos metido en la cama después de cepillarnos los dientes y ponernos el pijama. Yo le había dicho que no lo había traído y él se había ofrecido a prestarme una camiseta. Me sentí un poco desconcertada, no se lo negaré. Era la primera vez que estaba con un hombre que solo me besaba en los labios, en las mejillas, que me acariciaba detrás de las orejas, todo con mucha serenidad y sonriendo. Guapa. Yo esperaba que aquello fuese la fase inicial, el comienzo pacífico de una relación diferente de las que había tenido hasta entonces. Ternura antes del sexo, había pensado, ¡qué bien! Me imaginaba la continuación, con aquella misma cadencia recorriendo mi piel, acariciándome despacio, volviéndose hacia mí poco a poco, metiéndose dentro de mí con calma y solo cuando yo estuviese lo bastante excitada, sin gestos bruscos ni sobresaltos de ninguna clase. Me imaginaba un sexo de terciopelo que no me invadía, que me llenaba sin hacerme daño. Todo esto me lo imaginaba mientras él deslizaba un dedo por mi boca y me miraba sonriendo. «¡Qué feliz soy!»

Puede que dudase un momento, preguntándome si no me aburriría con un sexo tan pacífico, si no echaría de menos la sacudida intensa de los otros hombres, los mordiscos, los azotes en las nalgas. Pero habíamos lavado los platos juntos, habíamos puesto música suave, habíamos tomado un poco de chocolate y nos cepillamos los dientes. Por iniciativa suya. Lo tenía cerca todo el tiempo, con un cuerpo que se dejaba abrazar, que podía abarcar, y ahora el runrún ya no lo notaba solo en el estómago, también en la entrepierna. Lo deseaba. Pero él había dicho que nos cepillásemos los dientes y nos pusiésemos el pijama. «¿Vamos a dormir?» Nos habíamos metido en la cama así, muy vestidos, él con pantalones largos y con la parte de arriba del pijama también de manga larga, y yo había pensado que qué suerte estar con un hombre que no quiere magrearte enseguida, que te respeta. Seguro que el sexo con él sería muy especial. Lo fui abrazando y dándole besos, que cada vez querían ser más húmedos, bajo las sábanas, pero él dijo «buenas noches» mientras me colocaba la cabeza justo debajo de su barbilla, como deteniendo mis movimientos. Estoy convencida de que mientras se dormía aún podía presentir mis ojos como platos en la oscuridad, con las pestañas rozándole la piel del cuello cada vez que los cerraba y volvía a abrir. «Buenas noches, amor», había repetido, y yo había pensado que quizá era mejor así, que me amasen de verdad y no desde el cuerpo... Y me agarré fuerte al cojín de lavanda.

Hoy que no está me encargaré de la ropa lo quiera o no. Veo que la lavadora vuelve a estar llena y cerrada. Abro la puerta redonda, que hace un ruido seco antes de vaciarse de agua. La ropa que había quedado por encima está seca y arrugada, la de debajo pegajosa y gris. Vuelvo a cerrar la portezuela, pongo jabón hasta arriba en el cajetín, suavizante, y subo hasta cuarenta grados la temperatura de lavado. Si fuese una mujer de las de antes herviría agua y sumergiría en ella todo este montón de ropa asquerosa. Qué hombre tan extraño, qué manía más rara. Ya sé que no quiere que le toque la ropa, pero no puedo evitarlo. No puedo trabajar con este olor.

Mientras la lavadora gira y gira, me ocupo de la cocina, los baños, paso la escoba y friego el suelo. Friego el suelo como siempre me ha gustado hacerlo, descalza y bailando al ritmo de la música.

Entro en su estudio, aunque no quiere que me encargue de él. Su misteriosa habitación oscura, con una mesa al fondo llena de papeles, una habitación pequeña repleta de estanterías, de libros, de papeles arrugados por el suelo. Una silla de espaldas a la puerta bajo una ventana con las persianas bajadas. Podría leer lo que tiene aquí encima. Pero no sé si quiero saber cosas muy suyas, implicarme más. Decido que no y me dirijo a su dormitorio. No puedo evitarlo: me tumbo en la cama. Y me digo: «No me dormiré, no me dormiré».

XI

Hoy he estado a punto de no venir, me daba una pereza extraña. Y luego me he equivocado de calle y por poco llego tarde. ¡Después de tantos días! Como si en realidad no quisiera venir.

—Mire, es que la gente no acaba de entender que limpiar no es solo limpiar, que no es hacer cualquier cosa. Yo limpio de una manera o de otra dependiendo del humor que tenga, de cómo me sienta cada día, y cuando Usted no estaba me entraron ganas de limpiar más a fondo. Ya lo habrá notado, ¿no? —Me arremango la camiseta, me hago una coleta y continúo hablando—. ¿Fue bien su viaje? Era un viaje, ¿no?

—Sí, sí, muy bien. Le he traído esto: una guía que seguro que no tiene. Yo ya la he usado, así que se la puede quedar.

No puedo evitar que se me note en el rostro la ilusión que me hace su detalle, «gracias, gracias, gracias», le digo de corazón. Y es de las caras y bonitas. Mire qué fotografías. La guardaré siempre como un tesoro. Ahora mismo lo abrazaría, lo llenaría de besos.

—Me ha arreglado el día y una de esas semanas que más vale olvidar.

—¿Sí? ¿Por qué?

—Nada, que he tenido una especie de novio y acabo de romper con él.

—¿Aquel que era un amante?

—No, no, a ese ya hace días que no lo veo, bueno, el par de meses que hace que estoy con este otro. Claro que como solo lo veo los sábados por la noche no parece tanto tiempo. Este era un novio novio.

—¿Y no ha funcionado?

—Es que no lo sé. Lo hemos dejado sin decir que lo hemos dejado, pero cuando nos despedimos el domingo me parece que quedó bastante claro que no vamos a ninguna parte. ¿No es raro despedirse así, sin romper platos, sin peleas ni nada de nada? ¿No le parece triste que nos hayamos separado como si fuéramos a volver a vernos mañana pero sabiendo que ya no nos veremos más? Siempre le digo que nunca entiendo nada, pero es que ahora, después de esto, todavía menos.

—¿Y qué ha fallado?

—Pues no lo sé. Todo era perfecto, él era cariñoso, muy agradable, muy limpio, muy atento. De esos hombres que las mujeres siempre quieren en las pelis y las series, de los que cuidan los detalles, de los que te traen flores y te dicen que estás muy bien con esta nueva sombra de ojos o se fijan en si has cambiado algo de la decoración de tu casa. Este hombre era de esos.

—¿Y qué pasa, que no le gustaba lo suficiente?

—No, no es eso...

Me callo y dudo si contárselo. Me da vergüenza, pero, después de quedarme dormida en su cama, le tengo más confianza.

—Es que tenía un problema muy grave..., funcional, ya me entiende. En dos meses no ha habido manera. ¿Cree que es porque yo no le gustaba lo suficiente?

—No lo sé.

—Es que me he sentido tan inútil... Cada sábado intentando que pasase algo. Solo le digo que un poco más y se me desencaja la mandíbula. Veo que se ríe, pero yo estaba desesperada. No sé qué le pasa, no lo sé.

—¿Qué edad tiene?

—Cuarenta y ocho años.

—Bah, no le dé más vueltas, más le vale buscarse a alguien más joven. Este se le habría muerto demasiado pronto.

«Quiero invitarte a cenar.» Es lo que decía el mensaje que me envió Él. Como si supiese que había roto con el Impotente. «Tú y yo solos y de noche, en la calle. Te llevaré a un restaurante que te encantará.» Y yo le recordé que era sábado, día de estar en familia. Acepté con una condición: que no follaríamos. Y me miraba en el espejo empañado por el vapor de agua y me veía la piel flácida. Mis pechos miraban hacia abajo, tristes. ¿Se me empezaban a caer? Puede que del peso. Durante el tiempo que estuve con Él engordé sin parar, me provocaba un hambre feroz. Luego, durante los meses que había pasado con el Impotente, había adelgazado de golpe, como si me hubiese exprimido de arriba abajo.

Aquella noche me llevó a un pueblo de las afueras, y mientras caminábamos por la calle me cogía la mano de vez en cuando. Pero no era un cogerse de la mano con los dedos entre los dedos y apretándose palma contra palma. No era un sentirse los latidos de las pequeñas venas de la mano del otro cuando lo agarras muy fuerte. Ni era ir recorriendo de tanto en tanto la uña de su pulgar con mi dedo pulgar. No, lo que me cogió fue el dedo corazón con dos dedos, como desde fuera, como para no agobiarme demasiado.

En el restaurante, al que por lo visto iba a menudo, me presentó como una amiga. Ellos ya debían de pensar que no era solo una amiga. ¿Quién lleva a una amiga a cenar un sábado por la noche, una amiga con un escote generoso, y además se pone tan nervioso como lo estaba él? Bebimos, bebimos mucho, y enseguida me sentí mareada. Me pareció simpático, incluso más guapo, interesante. Podría ser para mí. ¿Querría quedármelo solo para mí? ¿Cada día de la vida afeitándose en el baño? ¿Cómo me vería él si me tuviese siempre? Quizá me haría lo mismo que a su esposa: buscarse a otra que le diese emoción entre semana. La duda que siempre había tenido era cómo debía apañárselas para que su mujer no notase nada. Seguro que lo notaba, aunque solo fuese por los olores. Yo detectaba si había follado con su mujer antes de estar conmigo. Cosa que no pasaba con mucha frecuencia. «Tonta —pensé mientras lo escuchaba hablar como si hablase para sí mismo—. Mira si es tonta que no se folla a su marido. ¿Es que no sabe que las parejas se mantienen unidas si follan cada día?» Vas dejando un rastro en el aire y las demás mujeres pueden olerlo. Por eso cuando un hombre tiene pareja pero no lo hace a menudo tiene más probabilidades de acabar poniéndole los cuernos. ¿No me cree? Pues mire, ahora mismo podría hacerle una lista de los hombres con los que he estado que tenían precisamente esa situación.

En el coche estaba contenta, subí el volumen de la voz rasgada de la cantante. Qué canciones tan tristes. Pero me puse a bailar a otro ritmo, como si en realidad estuviese escuchando una música frenética en una discoteca. Cuando estuvimos frente a la puerta, Él dijo «buenas noches». «No, no te vayas, por favor.» Lo miré sin sarcasmos, sin ironía, queriendo decir exactamente lo que decía, puede que por primera vez... «¿No quieres entrar un rato?»

Dentro de casa nos dejamos caer en la rugosa alfombra del comedor. Pensé en lo mucho que había echado de menos aquel cuerpo habitual, pues un cuerpo que pasa tanto tiempo con el tuyo no es igual que un cuerpo con el que pasas veinte minutos en un tren o en la consulta de un dermatólogo. Ya era también un poco mío, ¿sabe? Sentir su calidez era agradable. Aquel día hicimos el amor, o yo al menos lo recuerdo así. Detener un momento los pensamientos y, entre efluvios de alcohol, decirme: «Ahora mismo estamos haciendo el amor».

Al terminar, Él me había rodeado con sus piernas y yo apoyaba la cabeza en su hombro. Permanecimos así unos minutos, hasta que carraspeó y dijo que tenía que marcharse. «¿Qué?» «Tengo que irme.» En cualquier otro momento le habría soltado un «como quieras, tú verás», y me habría metido en la cama sin despedirme. Pero aquella noche había bebido mucho. «Pensaba que podrías quedarte... a dormir.» Noté que las rodillas me ardían, eché de menos la piel que había ido perdiendo a capas en la alfombra cuando le pedí: «Quédate, por favor. Una noche para mí, solo una. Dormir juntos aunque sea una noche. ¿No dices siempre que querrías dormir una noche conmigo?». «Lo siento, no puedo.»

Y aquí me tiene, representando el papel más tópico de la historia, llorando como llevaba tiempo sin hacerlo, como nunca había llorado delante de Él, quizá recordando la voz desgarrada de la radio del coche. «Hoy, solo hoy, por favor, hoy no quiero dormir sola.

Me lo has dicho antes, me has dicho que podías.» «No, te he dicho que podía cenar contigo. Le he dicho a mi mujer que tenía una cena con la gente de la empresa, pero ahora ya empieza a ser demasiado tarde.» «Y entonces, todo esto..., ¿por qué?» «¿Por qué? Pues para estar juntos un sábado por la noche, ¿no es lo que querías?» «No, yo no quiero nada de ti. ¿Sabes por qué? ¿Sabes por qué? Porque eres un cabronazo, un hijo de puta y un malnacido que trata mal a las mujeres que quiere. Porque solo te quieres a ti mismo y a nadie más. Porque cuando me decías que me querías solo lo hacías para asegurarte los polvos conmigo, porque eres un cobarde incapaz de afrontar los problemas. ¿Sabes qué? Que ya puedes salir de mi vida para siempre, no quiero volver a verte nunca más. ¿Te enteras? Nunca más.»

Al decir todo aquello noté de pronto las náuseas intentando subir cada vez más arriba. Hasta que Él se marchó, y, después de que cerrase la puerta sin añadir una sola palabra para desmentir mis acusaciones, entonces, salí corriendo hacia el baño y vomité. Una y otra vez, como si sacase la comida de varias semanas. Cuando ya pensaba que no podía vomitar más, vuelta a empezar. Hasta que acabé exhausta, abrazada a la taza del váter con la sensación de haberme vomitado a mí misma.

El Chino

Estaba cenando sola y el camarero no tardó en decirme que era el propietario. Me trajo una bola extraña que debía mojar en una salsa verde y me dijo que tenía que tragármela entera, sin masticar ni nada. Cuando la tuve en la boca me entraron náuseas. Quería escupirla, pero no podía porque aquel hombre me miraba fijamente esperando que tragase. «Bebe, bebe», me decía el Chino mientras me servía un vino tinto áspero y abrasador. «Bebe, bebe.» Y yo bebía. Y al poco rato ya estaba en su coche, que era de esos grandes y caros, con asientos de cuero de verdad, y él ya me estaba manoseando los muslos. Pero no fuimos a un hotel, sino debajo de un puente, con preservativos tirados por todas partes que no podía dejar de mirar. Los dedos del Chino, torpes, me buscaban por dentro. No lo miraba porque me daba asco, pero del asco que me daba a mí misma no sabía cómo escapar. Guie su mano y me masturbé con él. Era toda de corcho, pero no tardé en orgasmar. Cambiando las erres por las eles me suplicó que lo tocase. Le dije que no y salí del coche. Era mi modo de castigarlo por resultarme repulsivo.

Segunda parte

Elaboración

I

Usted no sabe lo que se me pasa por la cabeza cuando salgo a buscar a alguien con quien follar. Tantas cosas en un segundo, en un instante, tantas que me desbordan y me arrastran. El tiempo se multiplica, lleno de impulsos y excitación y anhelos. Fantasías y posibilidades que me inundan por dentro y por fuera.

Es el cuerpo el que me lo pide, es toda la piel agitándose en olas gigantescas, las fosas nasales abriéndose para olisquear a la presa. Cuando salgo a la calle así, soy animal antes incluso de cruzar el umbral, un lobo que busca presa para devorar. Salgo a buscar un cuerpo y me da igual cuál sea. Un hombre mayor o viejo o joven o un chaval o una bestia. Me conformaría con un animal, un perro, un gato al que sintiese palpitar entre las manos, que sintiese vivo. Una rata que se agitase en la palma de mi mano. Un trozo de carne hecha de sangre que late. ¿Y sabe lo que pasa? Que es el cuerpo el que se rebela contra mí. Es el cuerpo el que me dice basta ya de este agujero en el que estoy metida, basta de estar en la nada. El cuerpo aguantaría menos cosas si yo no lo obligase. Cuando está cansado de trabajar noche y día, de no dormir, de comer hasta el empacho vomitivo, de no comer hasta convertirse en un recipiente fantasma, entonces me dice basta y sale por sí solo a la calle. Tiene que creerme, cuando llego aquí ya no soy yo, ya no es él, ya no somos uno. Por eso puedo buscar cuerpos vivos para engullirlos. Por eso puedo ser otra y hacer lo que no haría si pensara un poco en ello. Todo para buscar el grito, un grito que sale de muy adentro y pregunta muy fuerte: «¿Hay alguien?». Y luego se desvanece y me deja a mí con un cuerpo por remendar.

Tiene que ayudarme, solo Usted puede ayudarme. Desde que me miró el primer hombre no he podido hacer otra cosa que reaccionar ante sus deseos. Todos los hombres parecen pistolas apuntándome. No se les puede dejar con la excitación así como así. Pero ahora ya nada funciona, ahora ya no estoy cómoda dentro de los aseos de bar, ya no puedo dejar que me toquen en un tren ni hacerle una mamada a un tío que acabo de conocer. No sé por qué no puedo hacer lo mismo que he hecho siempre, no sé cómo deshacerme de las tensiones. ¿Ve cómo tengo la espalda? ¿Se da cuenta de que esto es inhumano? No me juzgue, no, no es justo. Lo necesito, necesito follar como sea. Hoy es uno de esos días del mes en que el cuerpo me pide contacto con otro cuerpo como sea, ¡como sea! ¿Acaso no ve que lo necesito? Cuando una mujer está así, salir a buscar un cuerpo es como un impulso que no sabe de dónde le viene, como si todos los músculos saltasen. Antes funcionábamos así, ¿verdad? Antes eran los hombres los que salían a buscar a sus presas. Pero ¿sabe qué? Que yo no quiero ser presa ni víctima de nadie. ¿Por qué ellos pueden hacerlo y yo no? ¿Por qué a veces se asustan cuando ven que tomo la iniciativa, que me adelanto a sus deseos? Porque otra cosa no, pero yo siempre sé cuándo un hombre se siente atraído por mí. Desde ese día, cuando aún no había hecho el cambio, un día que me miré al espejo con un jersey blanco que me quedaba ajustado. Me vi un poco los pechos, que se notaban porque el jersey era como de cachemira, y me puse contenta al ver que me quedaba tan bien. Pero en la ventana de enfrente estaba nuestro vecino, que era mucho mayor que yo, vestido para ir a hacer el servicio militar, y vi que desde allí arriba me miraba de una manera diferente. Podía leer en sus ojos que adivinaba que ya me había hecho un poco mujer. Me dio asco y me estropeó la imagen que me había formado de mí misma con un jersey tan blanco. Desde aquel día sé identificar las miradas de esa clase. Se puede saber si un hombre te desea y cómo te lo hará.

Ahora hace demasiado tiempo que no recibo ninguna sacudida en el cuerpo, ninguna sacudida de las que te hacen olvidarte de todo. Hace semanas. No, meses. Que con el Impotente no hicimos nada, solo acariciarnos. ¿Qué le pasaba? ¿Qué? Un hombre al que no he provocado ni una triste erección. Solo una, que nunca le he contado, pero eso fue uno de los últimos días. Estábamos cenando y me miró muy fijamente. ¿Sabe que los hombres también adivinan qué clase de amante eres? Saben perfectamente qué es lo que quieres de ellos. Yo creo que al Impotente no se le levantaba porque sabía muy bien que a mí me gustan los amantes contundentes. Lo sé porque mientras cenábamos hizo una cosa muy rara. Me dio un bocado de comida con un tenedor y se quedó mirándome con el tenedor en los labios, en mi labio superior, así, y era una sensación agradable tener algo duro y frío pegado a una carne del cuerpo que es tan tierna, y al cabo de poco comenzó a apretar. Muy despacio, como tanteando el terreno. A mí me gustaba y entreabrí la boca para dejar que continuase tanto como quisiera. Fue aumentando la presión, cada vez más, solo mirándome la boca, sin mirarme a la cara, como si a partir de entonces ya solo estuvieran él y mis labios, y nada más, en aquella habitación. Fue apretando y yo cerraba los ojos esperando que de un momento a otro me rasgara la piel y manase la sangre. Ya sabe que la sangre de los labios es más roja que la del resto del cuerpo, ¿no? Pero no llegó a herirme y me quedé con las ganas. Despertó de pronto, cuando yo eché la cabeza hacia atrás de lo mucho que me gustaba. Le noté la erección como nunca se la había visto, pero disimuló, no continuó. Y el otro día con Él todo fue tan suave que no logré olvidarme de mí, no lo hice, todo lo contrario.

Por eso ahora necesito a alguien que me domine de verdad, que me azote si es necesario, que me ate, que haga conmigo lo que le apetezca. Hasta que yo ya no pueda tomar ninguna decisión y no me sienta el cuerpo. Usted no sabe lo engorroso que es mi cuerpo cuando está así de tenso, no sabe lo mucho que me molesta. Mire, ahora parece que me salen rojeces por todas partes, que la piel se me cae sola a tiras. He intentado hacérmelo yo sola. Hacerme pequeños cortes, por ejemplo. He cogido un cuchillo y he intentado cortarme piel del muslo, esa parte interna que se oscurece justo antes de llegar al sexo. Me da la impresión de que es una mancha cada vez más grande, y me la quitaría. A veces me han pellizcado en esa parte, y yo le puedo asegurar que no hay nada más placentero que eso, incluso más que los pellizcos en el propio coño. Por favor, ayúdeme, no puedo más. No puedo ir a buscar un hombre porque ya no sé engañarme hasta el punto de que no me dé asco, y no puedo llamar a otros amantes porque los aborrezco. Por favor, solo Usted puede ayudarme. Claro, me dice que pare, que deje a los hombres una temporada. ¿Es la única solución que puede darme?

II

Qué angustia. No me entiendo y no sé si Usted podrá comprenderme. Llevo días sin estar con ningún hombre. Me observo. Yo andando por una calle y, de repente, un hombre me mira. O yo en la fábrica con toda el agua resbalando por mi mono de plástico, con el sudor mezclándose con las salpicaduras de desinfectante y la cara tapada por la mascarilla, que es como un bozal. Con la nariz atrapada dentro del papel verde. Y aparece un hombre cuyo deseo conozco, porque ahora ya sé cuándo un hombre me desea, ya se lo dije ayer, ya no es un secreto que tenga que ir a confirmar, y resulta que tener esa información no me hace dar ningún paso, no me hace ir hacia él. Sus ganas me resbalan por el cuerpo. Ahora ya conozco el secreto. Antes tenía que averiguarlo, debía confirmar mi intuición porque no me creía que pudiese gustarles, pero ahora lo sé. Como desde aquella vomitona inacabable una noche de sábado no he vuelto a tener ningún cuerpo cerca y decidí, siguiendo su consejo, renunciar al sexo una temporada, ahora no tengo más remedio que quedarme a solas con mi cuerpo.

¿Qué debo hacer con él? ¿Qué se supone que debo hacer con este trozo de carne viva que siento mía pero no es mía, que me es ajena tan a menudo, que odio con todas mis fuerzas? Me resulta tan espantoso que solo tengo ganas de huir de él. No es por estética, es otra cosa. Me aprieta por todas partes, por los hombros, en medio de la espalda, en esa pared extraña hecha de nudos que me aguanta los pulmones. ¿Alguna vez se ha tocado esa parte del cuerpo? Para hacerlo no tiene más que coger dos dedos y presionar debajo de las costillas, incluso puede hurgar entre dos costillas, aquí delante, y comprobará que en realidad es una pared escurridiza con vida propia, como el cuerpo. Es una parte que no puedo controlar, se vuelve temblorosa cuando siento cosas, cuando me enfado, cuando me emociono. Es una carne cabrona, ¿sabe?, hecha de filamentos llenos de nudos, como un diario de todas las cosas que siento y no digo, no pronuncio. El otro día, después de insultarlo a Él con todas mis fuerzas, tuve la sensación de que ese trozo de carne perpendicular reventaba, me imaginé que de pronto explotaba en todas direcciones y dejaba mi casa salpicada de todas las cosas por decir que se habían acumulado en la boca del estómago. Puede que por eso, por no tener que ensuciar todo lo que me rodea, corrí al baño y vomité hasta quedarme vacía. Luego, como las botellas que aún hay que llenar, me pareció que mi tronco hacía un ruido de viento y ya no me quedó más remedio que echarme a llorar. ¿No le parece extraño que a veces cueste tanto llorar? ¿Qué será lo que nos impide hacerlo en cualquier momento? Era sábado y dormí tranquila.

Pero de eso han pasado unos cuantos días y Usted no quiere ayudarme. Me dijo que parase, que dejase a los hombres una temporada, y no parece entender que no tengo otra fuente de placer. Quisiera ser como antes y pensar que debo aprovechar la vida, por si acaso al salir a la calle me atropellase un coche y ya no pudiese experimentar ningún orgasmo más. Pero ¿sabe lo que me pasa ahora? Pues que eso ya no puedo hacerlo y es como si estuviese dentro de una rueda y no pudiese dejar de dar vueltas. Los hombres no están, ya no tengo ninguno, pero cuantos más días pasan sin que regale mi cuerpo a alguno de ellos, más culpable me siento. Como si tuviese una obligación con ellos y no la cumpliese. ¿Es que no ve que este cuerpo mío no sirve para otra cosa? Sí, claro, me responde que no, pero ¿qué va Usted a saber, aquí encerrado noche y día? ¿Qué sabe Usted de la vida, eh? Yo no sé por qué le hago caso y dejo de ir con hombres. Le hago caso a un hombre que se pasa el día encerrado entre cuatro paredes y lo único que hace es teclear historias inventadas en un ordenador. Usted no sabe nada de los hombres, no sabe que me necesitan. Pero ahora el deseo de ellos ya no enciende el mío, y ¿sabe qué? Que ya no sé en qué consiste mi propio deseo.

También hay otras cosas que le tengo que contar. Por extraño que le pueda parecer, mi cuerpo molesta, ocupa demasiado espacio en este mundo. Por eso busco maneras de controlarlo, de intentar que no se desborde como si fuese un líquido que no cupiese en un envase. Si quiere le puedo contar todas esas maneras de hacer que el cuerpo no me moleste tanto, de castigarlo hasta que haya expiado lo suficiente las culpas de ser así, tan él mismo, en medio de este mundo.

Comiendo. Existe la comida del placer, que es la degustación sensual de sabores en la boca. Pero, si le digo la verdad, de eso hace ya tiempo que no me acuerdo. Lo que más me pasa con la comida es que me sirve para calmar la angustia de los filamentos estos que tengo bajo los pulmones. Pero no se crea, no basta con comer un poco más de la cuenta. Para que sea realmente lo que le estoy diciendo, un acto con el que olvidar el cuerpo, tengo que atiborrarme hasta que no me siento, hasta que estoy tan llena que me parece que la comida me llega a la garganta, hasta que tengo tanto por digerir que ya no noto la angustia en ninguna parte del abdomen. ¿Y si le dijera que no me sirve comer cualquier cosa? Pues no, verá, cuando me entra ese frenesí que me pide ser azotada, ser atada, ser sometida a la voluntad de otra persona para desprenderme de la mía, la única manera de sustituirlo es tragando, sin notar apenas su sabor, cosas que no comería, que considero malas. Grasientas, llenas de azúcares, si puede ser, comida barata y hasta mal hecha, mal cocinada. Un día fui al supermercado que hay al lado de casa y compré una bandeja entera de hamburguesas. Carne mala, reciclada, caducada. Compré dos paquetes enteros de cuatro, mayonesa, kétchup, pan del blando, que está lleno de azúcar. ¿Y sabe lo que hice? Pues ya se lo puede imaginar: primero cuatro hamburguesas enteras, con un montón de patatas fritas que metí dentro del panecillo, mucha salsa, y me las fui zampando deprisa, sentada en la alfombra que tengo en el comedor, sentada sobre mis propias piernas. Luego, cuatro más. «Qué placer», me decía, pero aquello no era exactamente el placer de comer, el disfrutar de una buena comida. Cada bocado que daba como si alguien me estuviese persiguiendo era un estremecimiento, un latigazo que me llegaba a la entrepierna. Con la mezcla de carne, que yo sabía que era putrefacta, y la salsa dulce penetrando primero en mi boca, después en la garganta, luego en el estómago, como invadiéndome de lo grande que era el bocado, así, con las piernas desnudas sobre la alfombra rugosa y echando hacia atrás la cabeza, con un hilo de kétchup y mayonesa chorreándome por la barbilla y el cuello hasta llegarme a los pechos, así me sentía por fin en paz. Por supuesto ya adivina que después, cuando me lo había acabado todo o no podía continuar, venía lo peor. Era como si el mundo entero se me hubiese acumulado en el vientre, que estaba a punto de reventar y destrozarlo todo. Como después de follar, tenía ganas de tirarme desde una séptima planta. La misma resaca de después del sexo compulsivo. Y no sabe lo difícil que es escapar de la sensación de empacho. Yo, por mucho que lo haya intentado, no he conseguido nunca provocarme el vómito. Y eso tiene sus consecuencias, ¿sabe? Admiro a las bulímicas: se hacen daño engullendo toneladas de comida que las perjudica, pero luego saben quitársela del cuerpo y que deje de formar parte de ellas. Yo no, yo me lo quedo todo y me voy hinchando. Con los hombres me ocurre lo mismo, es como si me los hubiese ido guardando dentro. ¿Cómo se vomitan los amantes?

A veces me he enfadado tanto después de uno de esos atracones de nevera que he corrido a tirar toda la comida para que no quedase ningún alimento en casa. Pero ¿sabe qué? Que da igual, siempre doy con el modo de conseguir basura para meterme. Ni se imagina lo que puedo llegar a hacer cuando me entra esa desesperación que me acelera. Un día que era festivo, estaba todo cerrado y yo había limpiado la cocina, me levanté de la cama con ganas de comer lo que fuera. Revolví todos los armarios y no encontré nada, nada de nada. Angustiada, excitada, con ganas de aliviarme el runrún del estómago, cogí la única cosa comestible que había, un paquete de harina. No sabía qué hacer con ella, no tenía huevos, ni levadura ni azúcar. Desesperada, temblando, eché la harina en un cuenco y le añadí agua. La removí tanto como pude y la freí en una sartén, era una pasta pegajosa, blanca. Cuando tuve el plato lleno, allí mismo, de pie, me lo tragué todo, no sabía a nada, sabía a muerte más que a vida, y con cada bocado me abrasaba la lengua.

III

Le pregunto si cree que debería cambiar de trabajo y, como siempre, no me contesta, me mira así, sin expresar absolutamente nada, a la espera de que yo le dé una respuesta. Su silencio no me ayuda. Por cierto, tiene hormigas en la cocina. Forman un caminito que sale de detrás de una grieta de la encimera y llegan hasta el fregadero. Hágame un favor y no deje migas de comida en ningún sitio, de lo contrario no se van y luego tengo que sacarlas con un paño de cocina y me da repelús.

Pues verá, yo creo que lo de limpiar quizá no sirva de nada. Vengo aquí, barro, friego, paso la aspiradora, quito el polvo, le limpio los cristales, pero ¿de qué sirve si todo vuelve a estar sucio al cabo de poco tiempo? Y no se crea, no lo digo porque Usted ensucie mucho, pero el mundo es sucio de por sí: se caen fragmentos de las paredes, del techo, de la piel, del pelo, todos nosotros nos vamos extendiendo poco a poco por todas partes sin darnos cuenta, nos vamos desgastando y todo lo que nos rodea se va desgastando. Mire, esa pared que a Usted le parece la misma, nunca volverá a ser la misma.

Pero si le digo lo de cambiar de trabajo es porque ya empiezo a estar harta. Y sobre todo de limpiar de noche, que no sirve absolutamente para nada. Algunos días lo mandaría todo a tomar viento, como si en todo este tiempo no hubiera aprendido nada, como si fuese el primer día y me viese así de inútil, desorientada, desordenada. Y solo tengo ganas de correr para no volver nunca más a la limpieza. Es cuando más me parece que estoy dentro de un todo, atrapada.

Y me escaqueo, no se crea, me encierro en los aseos de la fábrica para olvidar que tengo que hacer el trabajo, me distraigo de mil formas distintas, me refugio en un rincón que nadie conoce e intento que el tiempo pase sin limpiar. Y, aunque no se lo crea, es en esos momentos cuando me noto más triste, más decepcionada conmigo misma. Es como si me hubiera ido de mi casa, de mí, y no me permitiese el placer de hacer el trabajo que quiero. Este es el trabajo que quiero hacer, es lo que me gusta y lo que da sentido a mi vida, pero ya sabe que nadie quiere limpiar. Hay quien piensa que es denigrante, que es de personas que no se merecen ser cosas mejores. Dependientas que están en los mostradores dispuestas para los clientes, recibiéndolos con su presencia. Todo el mundo cree que las que limpiamos no tenemos amor propio, pero yo le aseguro que cuando me alejo de este trabajo me siento más triste que nunca.

Qué tristeza, le digo, cuando estoy en un rincón de la fábrica, detrás de un muro hecho de palés, mordiéndome las uñas con la mascarilla retirada bajo la barbilla y un nudo de rabia en la garganta. Me repito por dentro: «No puedes hacerlo, no puedes, no sabes, eres inútil, lenta, desgraciada» mientras miro de lejos cómo las mujeres empuñan las mangueras a presión. ¿Sabe lo que siento en esos momentos? ¿Sabe qué? Sobre todo una envidia terrible al ver que ellas pueden hacerlo con esa facilidad y sin preguntarse mucho si tienen que hacerlo o no, si lo hacen lo bastante bien o no. Es extraño, ¿verdad?, negarte lo que no te niega nadie.

Cuando me entra esa cosa de dudar si tengo que limpiar o no, si soy lo bastante buena para hacer lo que me gusta, si realmente me merezco lo de ganarme la vida haciendo lo que me da la gana, entonces, cuando vengo hacia su casa empiezo a tener ganas de salir corriendo, de no volver nunca más. Pero, ya ve, estoy aquí, no puedo evitarlo, aunque no me crea yo necesito limpiar más que vivir.

¿Que cómo es posible? Pues mire, muy sencillo, cuando yo limpio me viene un placer diferente a todos los demás, una excitación de estar haciendo algo que es útil para mí y para los demás. Limpiar su casa es útil para mí. A medida que voy ordenando, dejándolo todo como si los días no hubiesen pasado, como si el mundo no estuviese sucio y desorganizado, siento que transformo la realidad. Pero le voy a decir una cosa que nunca le he contado a nadie: lo más placentero de limpiar no es el bien que yo pueda hacer a los demás, es el bien que yo me hago. Y este bien es la sensación de tener algún poder sobre las cosas que están fuera de mí, pero por encima de todo es la impresión de que soy yo quien se extiende por todas partes. Cuando yo haya terminado hoy de limpiar su piso, ¿sabe qué es lo que tendrá esparcido por todos lados? Pues a mí. Limpio con todo el cuerpo, y esa es la manera que tengo de relacionarme con el mundo, de darme y al mismo tiempo de protegerme de todas las cosas que no puedo entender. Cuando limpio, recorriendo todos los rincones de esta estancia, soy una mujer rígida que de repente se convierte en líquida y se derrama por todas partes. Así es como soy del mundo y el mundo es parte de mí.

IV

Vengo huyendo de Él y me refugio en su casa. Sí, ya lo sé, este tema ya debería tenerlo resuelto... Pero no se crea que hoy es un día de esos en que Él no deja de llamarme y a mí me cuesta decirle que no. No, hoy, precisamente, Él no insiste. En realidad, ni siquiera ha llamado. Me he levantado con este cuerpo mío dolorido y no he sabido qué hacer. Lo primero que he pensado es que podría ser una tarde fantástica de sexo. O de movimientos frenéticos hasta el orgasmo, que no sé si es exactamente sexo. Movimientos de los huesos y las carnes que me sostienen la espalda desde abajo, desde el suelo. Hasta olvidar que todos están conectados. Hasta que los nudos que los atan unos a otros se deshagan de pronto cuando acabo.

Sí, hoy he pensado seriamente en llamarlo, con unas ganas terribles que me laten en los dedos. «Venga, atrévete», me he dicho. Como si llamarlo fuese un desafío. Todavía, todavía estoy ahí, ya lo ve, en la rueda que nunca se detiene. ¿Por qué un desafío? Porque soy una mujer: las mujeres no llaman. Aunque se crea que ahora son otros tiempos, le aseguro que son pocas las que dan el primer paso. Es parte del juego. Nos imaginamos que si llamamos a un hombre se va a preguntar «qué será lo que quiere de mí, qué busca».

Pero hoy no es el caso, como le digo. Él estaría encantado si yo lo llamase y le dijese aunque solo fuera un hola. Siempre me lo pone fácil. Solo con decirle hola ya me pregunta si quiero que venga. No pregunta por qué lo he llamado, y con frecuencia cuelgo sin que quede claro el motivo de mi llamada. Ya se entiende todo, pero a veces no sé si lo que yo entiendo es lo mismo que entiende Él. Hay días en que lo llamaría solo para comer, solo para pasar un rato juntos, pero ambos sabemos bien que nuestros encuentros acaban siempre en el mismo sitio. En ocasiones le he avisado, le he dicho «ven, pero hoy no follaremos». Y Usted ya se lo imagina, ¿verdad? Nada más decirlo ya veo que ni Él ni yo nos lo creemos. Es como un vicio entre los dos.

Qué angustia, yo sola en casa, tan a punto de enviar un mensaje y de estropearlo todo. Desde el día de la vomitona no ha vuelto a molestarme, pero si lo llamo, Usted ya lo sabe, ¿verdad?, será como desandar todo el camino que he recorrido desde entonces. Estoy tentada de volver atrás, de volver a encontrarme con Él o con otros hombres. No se crea que ahora ya no veo cómo me miran reclamando mi cuerpo, pero estoy como paralizada, no puedo ir hacia delante ni volver atrás. Nunca hasta ahora me había sentido así. Estoy orgullosa de todo lo que he hecho, no se crea, pero ahora lo veo un poco diferente.

Es por la molestia, ¿entiende? Es por la molestia de mi cuerpo, que me estorba todo el rato desde que he comenzado a pensar en todos ellos y a contarle a Usted cada una de las historias como si se me escuchase, aunque en realidad me lo cuento a mí misma. Cuando vivía los encuentros con mis amantes me parecía que era la mujer más feliz y más libre del mundo. Sobre todo libre, porque conseguía hacer lo que pocas compañeras de la fábrica pueden hacer, desvincularse de tonterías cursis como el afecto y dedicarse únicamente al placer. Por eso cuantos más hombres mejor, cuanto más extrañas las circunstancias mejor, cuanto más atrevidas las aventuras mejor. Ahora que las recuerdo todas me parece que en ese sentimiento de victoria sobre esas reglas tan antiguas de quienes me rodean se mezclaban también otros sentimientos. Pero no sé explicarle bien qué es lo que me molesta tanto ahora mismo de todos ellos. Puede que esté enfadada con todos esos hombres porque no supieron darme lo que quería, pero yo no sabía lo que quería, no lo sé ni ahora, en realidad.

Estoy hecha un lío por culpa de todo este montón de carne, pero una cosa sí tengo clara y la tenía durante todo ese tiempo en que me encontraba con los hombres: lo que ellos querían de mí. Eso lo he sabido siempre, y quizá por eso no dejan de perseguirme. A fin de cuentas, Usted es un hombre, y ya sabrá que lo único que quieren de una es el sexo. No me mire así, que se lo digo por experiencia. ¿Cuántos he contado? ¿Cuántos hombres han pasado por mí? Una barbaridad, y ni uno solo, ni uno, ha querido de mí otra cosa que no fuera follar. ¿Que cómo lo sé? Pues mire, es muy fácil, incluso cuando decían que querían amarme, que me querían como compañera o lo que fuera, que querían ir en serio, cuando los provocaba un poco no me decían que no al sexo. Yo los ponía a prueba, ¿sabe? Me habría gustado demostrar que alguno de ellos no se interesaba por mi sexo, pero resulta que todos venían por eso y no decían que no si yo me ofrecía. Sí, por supuesto, el Impotente, con aquella ternura fraternal con que me trató, nunca me quiso para eso, pero es obvio que aquel hombre tenía algún problema grave.

Sí, claro, Usted me dice ahora que tenemos lo que

buscamos y que si busco siempre a los hombres interesados por fuerza voy a encontrarlos, pero no me negará que hay muchos sucedáneos entre los hombres de hoy. ¿Que los hay en todas partes? Sí, puede que sí, pero, a estas alturas, los que valen la pena o bien están cogidos o bien no son para mí.

¿Quiere que le cuente otro secreto? Los hombres se mezclan tanto en mi piel que no puedo hacer otra cosa que intentar huir de mí para olvidarlos. Quiero olvidarlos porque estoy muy enfadada con ellos. No, no sé por qué, pero lo estoy, y lo que veo es que cuanto más enfadada estoy con ellos, más enfadada estoy conmigo misma. Pero a menudo encuentro una solución que me alivia más que la de zamparme toda la comida que tengo a mano. ¿Lo adivina? Es hacer exactamente lo contrario, una dieta tan estricta que apenas me deja espacio para los pensamientos. Duermo todo lo que puedo durante el día, me levanto y bebo un vaso de té con sacarina o una infusión diurética, me voy a la fábrica. Esquivo los turnos de cena enlazando la limpieza de las líneas, puede que mascando chicle. Sí, me estoy acostumbrando a mascar chicle toda la noche para no oler mal. ¿Sabe que cuando estamos adelgazando desprendemos más olores? Es el cuerpo evaporándose, saliendo por todos los orificios corporales en forma sólida, líquida o gaseosa. Yo lo he descubierto ahora, que con esta dieta voy menguando. Cuando llego a casa cansada, con los pensamientos vagando lentamente de aquí para allá, como si pensase en sueños, a cámara lenta, me miro en el espejo antes de beber a regañadientes algún líquido caliente. Una infusión con una pastilla laxante. Pero a veces estoy tan muerta que no me da tiempo a nada, y para calmar los espasmos del estómago trago agua caliente del grifo, insípida.

Luego duermo y solo tengo ganas de seguir durmiendo para siempre. No, no piense que me quiero suicidar, ay, eso es una tontería, solo dormir hasta salir del cuerpo. ¿No le parece que sería genial poder hacer eso? Que pudiera vivir sin cuerpo, dejarlo prestado una temporada o empeñarlo, quemarlo dentro de un contenedor. Hacerlo pedacitos y ser yo misma por siempre sin problemas. Pues mire, le digo una cosa, adelgazando tanto como ahora, un poco sí que tengo esa sensación. Me siento ligera, casi etérea, y aunque no se lo crea soy feliz así, sin ocupar tanto espacio, sin molestar a los demás ni molestarme a mí. ¿Ve? Lo primero que adelgaza son las tetas, y así me da la sensación de que soy menos mujer.

Soy feliz, de verdad, no haga caso a las lágrimas, lloro de alegría. Qué me va a decir Usted, claro, que lo que tengo que hacer es empezar a amar mi cuerpo, que mi cuerpo soy yo misma y que es urgente que aprenda a quererlo. Oiga, no hable tanto y haga el favor de hacer algo con esas hormigas, que ya se le han extendido por toda la cocina.

Ser mujer es una mierda. No se lo digo por decir, pero es un desastre. Nosotras ensuciamos más que los hombres. Todo el mundo piensa que es lo contrario porque los hombres suelen ser más desordenados y, en general, la limpieza les importa muy poco, pero eso es solo en apariencia. ¿Quiere que se lo explique? Pues verá, si nos centramos solo en los cuerpos y no en lo que hacemos con ellos, si solo pensamos en la suciedad involuntaria que dejamos, yo le puedo demostrar que los hombres son más limpios. No es por nada, es por culpa de cómo están construidos los cuerpos. Los hombres no desprenden tantos fluidos como nosotras. Cuando mean no se les queda el pipí pegado alrededor del pene. Puede que un poco, pero les sale más afuera del cuerpo que a nosotras, y sí, por supuesto que eyaculan, pero cuando lo hacen también disparan, ¿comprende?, no se ensucian a sí mismos. Por eso el cuerpo de los hombres siempre me ha parecido más limpio que el cuerpo de las mujeres. A nosotras todo se nos queda dentro y no nos puede salir nada sin que nos pringuemos. Pero también sacamos más cosas, ¿sabe? Es una mierda ser mujer, se lo digo yo. Hace dieciocho años que intento esconderlo, disimular, mes tras mes, que soy mujer; me parece tan inútil... ¿Para qué sirve, después de todo?

¿Dice que no tiene claro que las mujeres segreguemos más sustancias que los hombres? Pues fíjese en el flujo vaginal, que no se sabe a qué responde exactamente. Una eyaculación sale del cuerpo por un proceso determinado, hay una causa y un efecto, pero con el flujo, por más teorías que existan, el caso es que ninguna explica el porqué. Sí, se supone que cuando estás excitada es cuando más te mojas, pero eso no es del todo cierto. A veces lo estás mucho, pero tienes la piel tan seca que acabas escocida. Luego está eso de los días del mes, que en algunos se te llenan las bragas de una sustancia pegajosa que se puede coger con los dedos y la notas consistente, casi sólida, y otros te sale algo tan líquido que parece que te hayas meado.

Y, por supuesto, después está la segregación más repugnante que se pueda imaginar: la sangre. Desde que comenzó he sentido que el mundo, todo el universo, era terriblemente injusto. Esto es un castigo, se lo digo yo. No lo sé, no entiendo muy bien que el resto de las mujeres lo lleven con esa naturalidad, porque yo me hundo cada vez que llega. Si me dijesen que existe un remedio para deshacerse de ella, ya le digo yo que firmaba ahora mismo. Lo peor de todo es que conmigo la sangre es muy generosa, es como si me estuviese muriendo, desangrando. A veces me siento como si algo saliese de mí, como si me estuviesen arrancando una parte de dentro. Y ¿sabe qué? He comprobado que sí es una parte de mí: me suelen bajar unos coágulos sólidos, de verdad que son sólidos, y cuando los veo en el fondo del váter me entra un mareo y me parece que lo de la regla solo puede ser una enfermedad.

También hay otros inconvenientes. ¿Sabe qué ha sido lo que siempre me ha dado más miedo en esta vida? Dejar rastros de sangre en algún sitio, no controlar la regla lo suficiente, que se empape el tampón, luego la compresa, las bragas y se filtre por los pantalones hasta tocar la superficie donde estoy sentada. ¿Y si le dijera que es algo que me preocupa tanto que los días de regla no me siento en ningún sitio fuera de casa? ¿No le parece que es una injusticia de la naturaleza?

En cualquier caso, ahora esa injusticia me ha hecho volver a ese día. Verá, estaba subida a una de las máquinas de la fábrica cuando me desmayé. Tal como lo oye, como una pánfila de las de antes, me volví para decirle algo a mi compañera y me caí a plomo encima de ella. Suerte que no estaba muy arriba. Y más suerte todavía que no fue en el momento en que limpiamos a presión. Si se escapa el condensador de la manguera puede matarte.

Si le digo la verdad, yo no es que me encontrase mal. Fue como quedarme dormida de pronto, como si alguien chasquease los dedos, chas-chas, y dijese: «Duerme». Suerte tuve de que estuviese allí aquella señora, una mujer mayor que siempre se ríe y no le gusta que la incordien. Me cogió al vuelo y, claro, la tumbé, pero no nos hicimos nada. Luego me llevaron a urgencias. Yo ya estaba bien y les decía que no hacía falta, pero me llevaron de todos modos. La señora, de hecho, me iba repitiendo: «Tranquila que no será nada, pero mejor que te miren». ¿Se lo creería si le dijese que me hizo sentir reconfortada, como si ya estuviese en casa? Se quedó allí el resto de la noche, atenta, y me miraba y me preguntaba si comía bien, si me cuidaba. «Mujer, es que viviendo sola quizá no tienes a nadie que te lo recuerde, pero te tienes que cuidar.» Yo la miraba sin decir nada, agotada, y ella me acariciaba el pelo para colocármelo detrás de la oreja. Con ese gesto, al peinarme como si fuese una niña pequeña, me invadió de repente toda la pena del mundo y comencé a llorar como si no lo hubiese hecho nunca. Solo porque me había acariciado el pelo.

V

Los amantes del sexo por el sexo me acariciaban. Es inevitable, los cuerpos se encuentran, te agarras de un brazo, te coges por el cuello. Si nuestros sexos pudiesen ir por libre quizá sí podríamos prescindir de los cuerpos, y también de las caricias accidentales. Voy a contarle un secreto: las caricias de ese tipo no van a parar al mismo lugar que las caricias de amor y de afecto. La piel que sale a recibirlas es distinta de la piel que llevas normalmente o de la piel que te tocan tus amigos y tus seres queridos. Cuando estoy con amantes, lo que me sale, lo que emerge a la superficie es una piel hecha coraza, una piel capaz de resistirlo todo que hace que no me hieran los gestos de ternura ni los golpes deseados ni los mordiscos ni los azotes. Es como el uniforme verde de la fábrica, el de plástico que va por encima del resto y donde resbalan el agua, el jabón, el desinfectante. Le voy a contar otro secreto: no es cierto que no me dejen ninguna marca en esta piel provisional exclusiva para el sexo que me voy creando. ¿Lo ve? Después, cuando ya se han ido, una vez sola, descubro que cuando creía estar poniéndome una coraza mi piel también seguía ahí. Por eso se me ha ido formando esta capa de heridas cicatrizadas y de dientes marcados. ¿Lo ve? Es un mapa, y perfectamente podría darle los nombres y las fechas de todos los que me lo han ido dibujando. Puede que no todos los nombres, pero recuerdo las caras, los olores, sobre todo. Y le digo aún más: la coraza que creía haberme construido es una coraza que por dentro va intoxicando.

Hoy he notado el veneno dentro del cuerpo persiguiéndome. Cansada, muerta de hambre atrasada, sin haber podido dormir, a media tarde me ha parecido que me volvía loca. Loca de verdad. ¿Que cómo ha ocurrido? Pues mire, he cerrado un poco los ojos en el sofá pero me he despertado sobresaltada, asustada porque aún dormida he tenido la sensación de que veía hormigas subiéndome por las piernas. Y al despertarme he visto aparecer a todos mis hombres uno por uno delante de mí, y que se iban instalando en mi casa. Ya se imagina qué angustia. He empezado a reproducir sus caricias, las sacudidas, los golpes, los azotes, los besos, los agarrones por el cuello, y ¿sabe qué? Primero me tocaba uno, después dos a la vez. Tan real que por momentos he creído que había vuelto a ellos, que había abandonado esta tregua que Usted me recomendó y he vuelto a llorar de rabia por dentro. Me decía «por qué, por qué no puedo salir de esta rueda», y el cuerpo me dolía más que nunca. Me he descubierto en medio del comedor, frotando las rodillas con todas mis fuerzas contra la alfombra rugosa, sintiendo como la piel quemada se iba desgastando. Sin placer, se lo puedo asegurar, con una tristeza atravesada en la garganta que solo me dejaba llorar si echaba la cabeza hacia atrás, con las lágrimas cayéndome hasta las orejas y metiéndose dentro. Entonces ya no eran ni uno ni dos los hombres que me agarraban, eran tres, cuatro, diez, quince, todos ellos compartiendo cada pedacito de mi piel, todos ellos tironeando cada uno por su lado, penetrándome por todas partes, incluso por donde no tengo agujeros: el interior del codo o de la rodilla, intentaban penetrarme a mordiscos y, en un momento dado, me dio la sensación de que se me querían repartir, que cada uno de ellos, agarrado a su parte, tiraba tanto como podía de mi piel. Tan tirante tan tirante que ya casi se rasgaba.

No lo aguantaba más, ¿sabe? No solo la tirantez, sino la confusión de todos esos cuerpos en el mío. ¿Quiénes eran?, ¿cuántos eran?, ¿qué querían de mí? Mientras tiraban de mí como si fuese una sábana a punto de romperse, por los pies, por los brazos, por el cuello, por las orejas, por los labios del coño, por la piel blanda del interior de los muslos, por cada pliegue, y mientras me hacían eso, a mí me parecía que una multitud de hormigas me subía por los dedos de los pies. Eso es culpa suya, Usted no se toma seriamente el problema de las hormigas, dice que no hacen nada, que no contagian enfermedades y que debemos aprender a convivir con ellas. Y verá, el otro día tuve que quitarlas con un trapo. ¡Qué asco! Qué asco cuando miré la bayeta llena de cadáveres diminutos. Pero aún me daba más asco cuando me venían a buscar allí, a mi comedor. Al final no pude aguantar más tan sola y tanto rato tumbada. Nadie puede salvarte de ti misma cuando estás sola, ya lo sabe. Y si es triste llorar de desesperanza, ya le digo yo que aún es más triste hacerlo sola.

Comencé a gritarles que me dejasen, les gritaba «marchaos, cabrones, dejadme en paz», pero ellos se reían, ¿sabe? Se reían y repetían frases que habían dicho cuando estaban conmigo: «Tienes que pensar en nosotros dos, eres muy guapa, no me dejes así, seguro que estás mojada, te quiero». Todas las voces formando una, y yo ya no sabía cómo irme de allí, con el llanto doblándome el estómago, todo el cuerpo como si realmente ellos continuasen tirando de él. Me miraban y se reían como diciendo que yo era de todos ellos, «eres nuestra», parecían gritar mirándose unos a otros, cómplices. Intentaba olvidarlos recordando las hormigas cadáveres entre mis dedos, pero los hombres no se iban. No se van nunca.

Al final... ¿sabe lo que he hecho? No se escandalice, que a estas alturas Usted ya sabe que yo soy así de rara, pero ¿qué iba a hacer, si no podía huir de tanta gente? En algún momento aquella imagen me pareció placentera, me dejé fundir entre los cuerpos y ¿sabe qué? Era como ser de ellos de verdad, como ser de tantos hombres que ya era del mundo. Pero de pronto los recuerdo a todos no como personas, sino como cuerpos, y no podía tolerar que fuesen solo cuerpos. Comprendí que la piel que les había puesto no era tanto esa piel del sexo por el sexo que yo creía, y me dio la impresión de que me iba por un camino del que no podría volver nunca más. Si al menos pudiese llamar a alguien para contarlo, pero ¿quién cree que querría escuchar una historia de alucinaciones como esta?

Así que como no encontraba ninguna salida fui a la cocina a coger un cuchillo, uno pequeño que corta mucho, uno que utilizo siempre. Volví a sentarme en la alfombra con las piernas muy abiertas y apoyé el cuchillo sobre la piel del interior de los muslos, que no tardó en ceder, blanda como es. Quise apretar poco a poco, sin cortarme, aunque en realidad nadie habría podido adivinar que no me estaba cortando. ¿Y sabe qué?, en ese gesto, y sabiendo que era muy capaz de ir más allá, en lugar de disfrutarlo, he visto otra vez ese camino sin retorno, el camino que me separaría de las personas sanas y me acercaría a las enfermas mentales.

Sí, de hecho es posible que llegados a este punto ya estuviera bastante loca, pero veía ese camino, ¿entiende?, veía que el camino eran ellos tironeando aún de mi cuerpo, riéndose como si yo no estuviese. Para huir aún más me dije «vamos, córtate», y al pensarlo sentía que la respiración no me pertenecía, que de pronto no me llenaba del aire que necesitaba para vivir. «¿Qué importa?, si no le haces daño a nadie, venga, córtate, hazte un montón de cortes aquí y luego, para disfrutar todavía más, échate sal en las heridas y sabrás lo que es rabiar de placer, superar todos los límites del dolor.»

He estado tan cerca de todo eso que aún no me creo que no lo hiciera. ¿Cuál fue el clic? ¿En qué instante preciso dije «basta, basta, basta», gritando con todas mis fuerzas, y me levanté y arrojé el cuchillo a la cocina? No lo sé, en realidad, pero recuerdo vagamente que me puse las zapatillas a toda prisa y salí afuera. Un poco más y me voy descalza. Salí y comencé a correr. ¿Cuánto tiempo hacía que no corría? No se crea que fue una carrera de las que se hacen a buen ritmo para hacer ejercicio; lo que yo hice fue completamente diferente. ¿Sabe cuando le digo que siempre quiero irme de mí? Pues correr era como huir de mí misma, llorando, con los brazos rectos y acelerando cada vez más los pasos. Cuando llegué a la orilla del río, sobre un puente, me aferré a la barandilla, doblándome por encima y mirando el agua, y comencé a gritar como nunca lo había hecho. Un grito de animal, sin palabras, aunque un «no» profundo apareció entre los gritos, pero era más esa rabia que no pertenece a las personas, que sale de un lugar desconocido. Me quedé así bastante rato. Primero llorando muchísimo. Y un rato creía que no podría llorar más ni gritar más, pero enseguida veía que sí y volvía a gritar y a llorar. No sé en qué momento pasé de la rabia, de la tristeza, de las lágrimas, a gritar de risa. Sí, ya lo ve, exactamente como los desequilibrados, dejé de llorar para empezar a reír, sentada ya en la madera del puente. ¿Sabe por qué me reía? Con la carrera, la sangre de mi cuerpo se había extendido por todas partes, por cada rincón, y ¿sabe qué? Sentí por primera vez que ese cuerpo que palpitaba era mío, que me pertenecía. Sentí las cosquillas recorriendo cada pedacito de mí, recorriéndome entera. No sabe qué alegría. Me sentía el cuerpo, y no por culpa de los demás. Lo sentía por mí misma.

Luego he venido hasta aquí, aunque no era el día, y Usted me ha abierto y yo he entrado directamente a la cocina. ¿Sabe por qué? Porque de pronto me parece que las hormigas son los animales más simpáticos del mundo, ya no me dan asco. Ya no me molestan esas pequeñas criaturas sin sexo.

VI

Los médicos dicen que tengo que descansar; que me desmayé por una mezcla de cansancio y falta de hierro y no sé qué otra sustancia en la sangre. Me hicieron preguntas sobre cuánto dormía y lo que comía, parecía un examen. Mire, yo estoy de baja ahora mismo, pero si no le importa seguiré viniendo a limpiarle la casa, no creo que me hagan ningún daño estas horas. Lo que pasa es que no podrá decírselo a nadie. Es que el médico me recomienda que me lo tome con calma, que no vuelva enseguida a la noche porque solo conseguiría otro mareo, y en mi caso es peligroso. Aquí en su casa no hay ningún peligro para mí. Puede que esas hormigas tan molestas que andan por su cocina, pero no me caeré de ninguna escalera.

¿Sabe lo que hice el otro día? Ahora que tengo tiempo de día paseo por las calles, camino hasta pararme en algún sitio donde me apetezca pararme y lo hago. Normalmente en un banco de alguna plaza o algún paseo, como los viejos. Solo me falta dar de comer a las palomas. No me sirven para nada esos paseos, no les saco provecho, pero parece que la cabeza me va más despacio. Es una tregua. No sé si la paz definitiva, pero cuando me siento y me da un poco el sol, respiro hondo y tengo también la sensación de haber vuelto de una guerra. Por supuesto, yo no puedo saber qué es volver de una guerra, pero me lo imagino. ¿Qué debe de ser lo peor para los soldados? Saber que ya no están en guerra y quitarse el uniforme sucio y hecho jirones.

Yo creía que el uniforme era mi propio cuerpo y por eso quería quitármelo. Pero entonces ocurrió algo inesperado y todo dio un giro imprevisto. Le aseguro que fue por pura casualidad que yo me plantase frente a aquella peluquería. Sin el plus de nocturnidad ni las horas extras ahora voy más justa que nunca y no me puedo permitir tirar el dinero en eso, pero había un cartel con una oferta de masaje. Me pareció extraño, porque desde fuera solo se veían secadores de pelo y mujeres con papel de plata en la cabeza. Entré y, como si lo hubiese decidido hacía tiempo, pedí hora. Sí, como lo oye. Pensé que ya echaría cuentas y ajustaría por otro lado.

Estuve a punto de anularlo. Tuve la misma sensación que cuando empecé a venir a su casa, que sabía que necesitaba venir pero por dentro me decía gritando: «¡No, no quiero ir!».

¿Y sabe qué? Nada más entrar en aquella cabina me sentí extrañamente conmovida. Sí, conmovida, en serio. Con aquella tranquilidad, la música lenta, las velas, los olores. Pero aún me conmovió más la voz de la masajista cuando entró. Una señora mayor con semblante triste. Me miró igual que me mira Usted, solo que no decía nada, apenas hablaba. ¿Sabe qué? Solo con ponerme las manos encima sentí toda la paz del mundo. Bueno, no sé si esa es la palabra, pero de repente, allí dentro, no tenía que esconderme de mí misma. Como aquí en su casa. Y con cada caricia de aquella mujer era como si volviese a mí desde muy lejos.

No sé exactamente cuándo ocurrió, pero, con aquella ternura en los dedos, empecé a llorar. ¿Sabe por qué? Pues verá, a medida que la piel de la masajista, la piel de sus dedos, de las palmas de las manos, del brazo entero sobre mi espalda, rozaba la mía, por algún extraño motivo comenzaba a recordar a todas las mujeres de mi vida, cada una de las niñas, chicas, señoras que había conocido, y vi cómo las había odiado a todas. Usted ya sabía que de algún modo las odiaba, ¿verdad? Sobre todo a las débiles, las pánfilas, las víctimas que se dejaban maltratar. Las de la fábrica que trabajaban noche y día, las que se dejaban pegar por sus maridos y, sobre todo, por encima de todo, comprendí que las que siempre me habían dado más rabia eran las mujeres que se dejaban poner los cuernos. Comencé a llorar, sollozando como una niña pequeña, pero la masajista no se detenía, me parece que ella sabía muy bien lo que me pasaba. Era como si con el tacto pudiese ver lo que llevo dentro, todos los sinsabores, todos los odios hacia los demás y hacia mí misma.

¿Sabe por qué lloraba también? En ese recorrido por todas las mujeres, al final de todo se me quedó clavada una que no se iba, la mujer de Él, sin rostro, siempre en la sombra y con la niña. Ya no la podía ver con los ojos de Él, solo podía hacerlo con los míos y me daba una pena terrible. No era culpa suya, era culpa de Él, y yo sí que tenía mucho que ver con aquello. Tanto como con mi propio sufrimiento. Por primera vez la reconocí como víctima y la compadecí. Luego volví a llorar porque me di cuenta de que, de algún modo, traicionándola a ella me había traicionado a mí misma y a todas las mujeres del mundo. Por primera vez me vi como víctima y sentí una gran lástima de mí misma.

Ya sabe que a mí no me gusta autocompadecerme, pero quizá cuando nos pasan ciertas cosas es bueno hacerlo. Cuando aquella mujer terminó con el masaje apenas me dijo nada: «Cuántas emociones, ¿verdad?». Y me puso una mano en el hombro mientras me miraba.

Luego, en casa, desnuda ante el espejo, era como si, por primera vez, me mirase entera, reconstruida por las manos de aquella desconocida.

VII

Casi todos los hombres que he elegido eran auténticos dominadores. Con el tiempo, sabes cómo son las personas en el sexo sin conocerlas de nada. Puedo saber qué le gusta hacer en la cama a un hombre mucho antes de saber cómo le gusta el café. Los hombres a los que les gustan los hombres detectan a los que son como ellos, las mujeres que van con mujeres las distinguen entre un grupo de mujeres, y yo, entre los hombres, sé ver los que me gustan. Los bruscos, los que te cogen y hacen que pierdas el mundo de vista, los que te someten hasta que ya no tienes que tomar ninguna decisión. Te dominan, a veces de manera sutil, por la determinación con que gobiernan el ritmo del sexo que tienes con ellos, pero a menudo son más rudos, más claros en sus intenciones. Tienes una buena conversación con ellos, coqueteas como lo harías con cualquier otro, como una pareja que flirtea, y todo hace pensar que seguiremos los pasos previstos, que el sexo empezará poco a poco, como quien no quiere la cosa, con ternura, e irá ganando impulso hasta acabar con él dentro de mí y mirándome a los ojos. Así de cordial suele ser la primera relación de muchas parejas.

Pero esos hombres de los que le hablo, los dominadores, son como los otros solo hasta que los besas por primera vez. He conocido muy pocos que no hayan respetado ni el primer beso. Con esos hombres, cuando ya te has dado un beso, has quemado todas las etapas de caricias, de conocerte, de hablar, de rastrear tu cuerpo. Como tú sabes de qué palo van y ellos saben de qué palo vas, invaden tu cuerpo como si ya lo conociesen, como si solo hubiese un cuerpo de mujer, como si conociesen todos los cuerpos de todas las mujeres del mundo y fuese en el tuyo donde descargasen toda la rabia. Pero no es rabia, porque no son hombres cabreados, no son maleducados ni groseros ni nada de nada. Es solo que les gusta eso y os habéis elegido el uno al otro porque eso es lo que tenéis en común.

Le estaba diciendo que por lo general todos dan un primer beso que se confunde con la ternura, lento, ligero, con un contacto suave de labios, con una exploración alegre de la textura de la piel del otro, de sus olores y del sabor pegajoso de la saliva. Me gusta el momento del primer beso, y con frecuencia me parece que a fin de cuentas es lo que siempre he buscado en todos los hombres. El momento de cerrar los ojos. ¿Por qué los cierro? No lo sé, pero así recuerdo todas las sensaciones mucho más tiempo. A veces puedo pasar días con el beso de alguien en la boca. Porque, a pesar de todo, hay tactos de labios que me gustan.

Pero no se crea, ese suele ser un momento muy breve, dura muy poco. Todo cambia cuando mi compañero va al grano y me mete la lengua muy adentro, cuando ya ha empezado a invadirme y ambos nos hemos quitado ya las máscaras de las formalidades y nos hemos mostrado tal como queremos ser. ¿O es al revés? ¿O es entonces cuando nos metemos de lleno en el papel que queremos interpretar? No sabría decirle, pero sí sé que cuando comienzan los mordiscos fuertes en los labios, tan fuertes que al principio sorprenden, yo ya empiezo a sentirme más cerca del mundo, todo mi cuerpo se estremece de un extremo a otro y así puedo olvidarme de todo. Lo dicen ellos, no yo: que me transformo en una especie de animal y dejo de ser persona. Algunos se asustan, pero no los dominadores. Ellos ven confirmadas sus sospechas sobre lo que en realidad me gusta hacer en la cama. Ellos también saben escoger entre todas las mujeres a las que buscan una como ellos. Por eso, cuando me ven disfrutar de los mordiscos que casi llegan a hacer sangre, siguen con otros más intensos en el cuello, rasgándome la ropa, y sus movimientos son tan rápidos que a mí ni siquiera me da tiempo a pensar hasta que ya los tengo dentro. Suelen darme la vuelta, me ponen bocabajo y me penetran desde atrás. Me aprietan la nuca para impedir que me mueva, y yo tengo la cara aplastada en la superficie en la que esté, la almohada en el mejor de los casos, o la formica de las mesas de la cocina o la baldosa de algún suelo frío. Me muerden hasta dejarme los dientes marcados, pero yo no noto el dolor hasta después, hasta que me veo la marca de su dentadura en la piel de la espalda. En ocasiones me tiran del pelo y alternan eso con el aplastamiento de mi cara, a veces me van dando en las nalgas unos azotes que yo apenas noto.

Pero ¿sabe una cosa?, la gente está muy equivocada con todo esto. Usted debe de pensar, como todo el mundo, que si él es un dominador es que yo soy una sumisa, que tengo alma de dominada. Se equivoca. Lo que les gusta a estos hombres de mí es la provocación de no dejarme someter, la lucha constante, que forcejees como si no quisieras nada de lo que te hacen sabiendo que es exactamente lo que deseas. ¿Acaso cree que ellos vendrían a buscarme si yo fuese dócil, si me quedase quietecita y sin oponer ninguna resistencia? No, porque entonces todo ese juego ya no tendría ninguna gracia, yo dejaría de tener un papel en él. ¿Y sabe lo que le digo?, que el estallido de toda esa lucha, el desenlace final, no es más que la paz de dos cuerpos agotados.

VIII

A menudo, cuando he venido aquí desesperada y le he dicho que necesitaba sexo, Usted, en un susurro cómplice, como quien me cuenta un secreto, me decía «amor». Y mire, al principio me extrañó, porque esa palabra solo sale en las películas cursis, con esa luz artificial y con esas escenas finales donde siempre aparecen besos empalagosos, pero de hecho nadie sabe realmente si lo que sienten es amor o el desahogo momentáneo del calentón que llevan encima. Y no se crea, yo soy de las que se emociona siempre, pero luego me doy cuenta y me digo «qué tonta».

¿No cree que el amor es ridículo? No, por supuesto, Usted tiene que decir que no, pero quizá es que no ha visto todo lo que yo he visto fuera de aquí. Y disculpe que se lo diga, pero estos temas dependen mucho del destino. Si Usted cree en el amor, puede que sea porque ha tenido más suerte que yo. Sí, ya sé que la suerte salimos a buscarla nosotros mismos, me lo ha dicho muchas veces. Y es posible que sí haya fallado algo en las elecciones de los hombres que he ido haciendo durante este tiempo, puede ser. ¿Qué quiere que le diga? Me parece que es muy lógico que como mínimo desconfíe del amor, ¿no? Coño, es que no lo entiendo: yo nunca lo he visto, para mí es como Dios, que nadie puede demostrar que exista. Y no se crea, tiene delante a la mujer con más ganas de amar que haya conocido nunca.

Si le digo que de una manera o de otra he querido a cada uno de los hombres que han pasado por mí, quizá le parecería una exageración. Pues es así, se lo aseguro. No es que los quisiera para casarme con ellos o para tenerlos toda la vida, pero incluso cuando me daban asco he sentido una especie de compasión por ellos, cierta ternura. Puede que por eso precisamente me haya enfadado con ellos, porque no eran capaces de darse cuenta. Pero ¿cómo iban a verlo y tratarme con delicadeza si era yo quien no me la permitía? Sí, ya sé que piensa que estoy hecha un lío y que no sé qué quiero, pero le aseguro que muchos de los nudos que tenía los he ido deshaciendo aquí dentro, hablando con Usted y conmigo misma como si Usted pudiera oírme. No sé cómo se las ha apañado para meterse en mi mente de esta forma, como si fuera mi propia voz y al mismo tiempo una voz ajena. Sin embargo, ¿sabe qué? En algunas cosas no he cambiado tanto.

Todavía me pasa eso, aún aprecio a todos los hombres que me rodean, pero ahora no dejo que se me metan dentro, ni hablar. Hay muchas maneras de que un hombre pase a formar parte de ti, a veces ni siquiera es necesario follar con él. Usted dice que ahí fuera, en alguna parte, debe de haber un hombre bueno para mí, y de hecho hay muchos, y ahora, como he creído en Usted, cuando dudo que todo eso exista, me impaciento. Sobre todo cuando pienso que estoy sola me entra un ansia horrorosa de encontrar a uno de esos hombres. Tan sola, tan sola que un día podría caer desmayada en casa y no me buscaría nadie hasta que estuviese podrida y los vecinos avisasen a la policía por la peste, no porque me echasen de menos. No, de verdad, yo le creo y me digo que debo esperar a un hombre hecho de otra pasta. Es normal si ahora dudo de todo. Puesto que he sido yo quien ha buscado lo peor de lo peor, ahora me parece que no puedo fiarme de lo que percibo en ellos. Me digo que si me he engañado todos estos años no es tan fácil cambiar el radar y empezar a detectar buenas personas, me refiero a los que me convienen, los que puedan tratarme bien. Siempre hay algo que me hace dudar, que me dice «no, no, este no puede ser porque mira, por el modo que tiene de hablar de su madre seguro que no ha solucionado la relación con ella, por cómo dice que debe ser la relación entre un hombre y una mujer, seguro que querrá encerrarte en casa». Quizá es que me estoy volviendo paranoica, pero mientras los observo es como si obtuviera mucha información de ellos, mucha más de la que ellos mismos me quieren dar. Y aún me siento tentada, no se crea. Pero entonces pienso en lo que viene después, en todos los después que he vivido en la vida, y me entra una tristeza repentina. Ya no soy capaz de engañarme ni temporalmente, como hacía antes.

En ocasiones he llegado a pensar que lo había encontrado. Me late fuerte el corazón, muy deprisa, y me pongo nerviosa, pero enseguida descubro que no, que no es ese, y se me van todos los nervios.

¿Como cuál? Pues mire, el chico de la churrería donde desayunamos todos los sábados siempre bromea conmigo. Lo conozco desde hace bastante tiempo. Tenemos esa confianza de una larga serie de mañanas de «el chocolate está demasiado espeso o demasiado claro»... Me gusta, ¿sabe?, me ha gustado siempre. Parece hecho a mi medida. Físicamente, quiero decir. A veces me coge de la mano y me doy cuenta de que encaja con la mía. Lo miro y pienso que hay algo en él que no cuadra, pero no sé qué es. Aun así, continuamos jugando, ¿sabe? Nos miramos, sonreímos, nos chinchamos con afecto. Él suele agarrarme por la cintura para saludarme y a mí se me eriza toda la piel, me recorre un escalofrío de arriba abajo y por un momento recuerdo que estoy viva. A veces yo también juego, no se crea, y aprovecho el viaje en que le doy dos besos de despedida, por ejemplo, para pegar mis labios contra sus mejillas más de lo que la educación requiere. Con ganas de besarlo entero, pero de repente me acuerdo del chirrido ese que llevo escuchando todos estos años y me digo a mí misma que no.

El otro día me dejó claro que le gusto, pero lo hizo de un modo que me molestó. Y mucho.

Verá, Usted ya sabe que yo no soy para nada cursi, que no tengo la piel fina ni me ofendo por cualquier cosa, pero en realidad muchas de las cosas que me han dicho los hombres me ofenden y yo no he protestado. Antes no era así, ¿verdad? Antes los hombres no eran tan soeces. Pues estábamos hablando de lo que nos apetecería hacer, que si unas vacaciones en el Caribe, que si la lotería para no trabajar más, y de repente dijo: «¿Sabes qué es lo que más me gustaría, en realidad? ¿Lo único que querría ahora mismo?». Me miró tan serio que me entró una risa nerviosa. Con la pregunta ya sabía lo que iba a decir, por supuesto, pero va y suelta: «Follarte. Ahora mismo es lo único que quiero hacer».

Se lo imagina, ¿no? El resto de las mujeres, como cacatúas, gritando y riendo. Y yo callada, cabreada y sin poder expresar mi cabreo.

¿Que qué me habría gustado que dijera? Le parecerá una cursilería, pero lo que realmente quería, si soy sincera conmigo misma y me libero de todas las precauciones, habría sido que me dijese: «Me gustas mucho, quiero que salgamos, que nos conozcamos poco a poco para saber si juntos podemos construir algo». Ridículo, ¿verdad?

IX

Este sueño me avergüenza más que otros porque sale Usted en él, pero como ya me ha dicho alguna vez que los personajes de los sueños somos nosotros mismos o una parte de nosotros o, en cualquier caso, no se refieren directamente a la persona concreta que aparece sino a alguna de sus características, se lo cuento y Usted lo entenderá.

Llego aquí, a su casa, y le digo que he hecho algo o que he dejado de hacer algo, ahora no lo recuerdo exactamente, y Usted salta de alegría felicitándome: «Por fin ha salido de la rueda», me dice. Entonces me abraza con ternura. Como si su cuerpo no tuviera sexo, como si su cuerpo solo fuera un envoltorio del mío. Y me siento de una manera..., ¿cómo se lo diría? Querida. Sí, querida. Yo lo abrazaría a Usted, ¿sabe? Pero no se crea, no para buscar ningún tipo de placer ni ningún olvido del cuerpo. Lo abrazaría precisamente para sentir mi cuerpo. Teniendo el suyo rodeándome creo que podría sentir el mío y reconocerlo, hacer las paces con él y dejar de rechazarlo. O sea, que si Usted me abrazase yo podría quererme. Eso es lo que pienso cuando de hecho Usted me abraza. Lo pienso como si la situación fuese posible y ya estuviese pasando. Ahora recuerdo las palabras exactas que le he dicho al llegar: que he salido de allí. Habría querido no despertarme nunca, quedarme en el sueño, retener esas sensaciones para siempre. La lástima es que no acabase bien del todo. Cuando había terminado de abrazarme y yo pensaba: «Mira, este hombre te quiere a pesar de saberlo todo de ti», entonces estaba a punto de besarme, con las manos apartándome el pelo de la cara. Se me iba acercando como en las películas antiguas. Había música, creo. Sí, sí, música a nuestro alrededor, y yo tenía ganas de besarlo porque era como si nunca hubiese besado a ningún hombre. Entonces empiezo a pensar si me he cepillado los dientes, que seguro que me apesta el aliento, y lo esquivo tan rápidamente que el sueño se trunca ahí mismo. Qué sensación de abandono, y todo por mi culpa.

He tenido otro sueño que se parece mucho a este, aunque es distinto. ¿Sabe qué? Desde que estoy de baja me parece que trabajo más durmiendo que cuando hacía el turno de noche. A veces me levanto agotada, con mil sensaciones, con historias que me sacuden, y entonces empiezo a rumiar porque no entiendo qué significan. Yo antes nunca soñaba, se lo prometo. La gente dice que lo que pasa es que no me acordaba, pero no es cierto.

En el sueño de hace unas noches Usted me invitaba a visitar una casa, una especie de museo, y cuando acabábamos la visita va y me dice que me espere, que tiene una sorpresa, que todavía hay una parte que no he visto. Entonces me hace entrar por una puerta pequeña y tengo que agacharme para pasar. Detrás de la puerta hay unas cuevas que por lo visto tienen millones de años, con pinturas en las paredes. Primitivas. Hay un rumor de agua que corre. «Tenemos que esperar», me dice, y de pronto aparece un chico. Tiene el mismo aspecto que un compañero de instituto que fue mi amigo hace mucho tiempo, joven, amable, cariñoso, y de repente se acerca a mí y me coge de la mano. Me ofrece la suya, en realidad. Y yo, sorprendida, lo miro a Usted porque estoy un poco desconcertada, como si me hubiese tendido una trampa. Lo miro a él y luego, incrédula, le pregunto a Usted: «Pero ¿es este?» mientras lo señalo. Él sonríe todo el rato, esperándome. «Pero no puede ser —digo yo—, no puede ser él.» El chico se me acerca y me envuelve con sus brazos. «¿De verdad eres tú?» Y él sonríe y me besa. «Pero ¿y mi mal aliento?» Él vuelve a besarme y me huele: «Ah, eso, no es para tanto. Además, a mí este olor me gusta». Salimos de la casa y ahora estamos en una especie de fiesta con un grupo de personas. Alguien me pregunta, sonriendo y admirándonos como se admira a las parejas felices, que cómo nos conocimos. Los observo un poco escéptica pero ilusionada y decimos, al mismo tiempo, que es una historia increíble. De pronto Usted está allí, a mi lado, y me ayuda a contar la historia.

Qué cosas, ¿verdad? ¿Sabe qué? Que me parece que la historia que teníamos que contar no era la de cómo nos conocimos él y yo, sino todas las cosas que me han pasado y no me han pasado a mí durante este tiempo que llevo viniendo a su casa. No sé si le habrá salido a cuenta tener mujer de la limpieza, porque de hecho le he robado tantas horas como las que he echado. Sí, por supuesto, siempre dice que da igual, pero es la mar de curioso todo esto.

Después de ese sueño miro a las parejas con otros ojos. Ya sabe, ¿verdad?, que cuando veía a dos enamorados siempre decía «ya, ¡no se lo creen ni ellos!», y trataba de averiguar de qué modo nos estaban engañando. Ahora no, ahora camino por las calles y veo gente que se quiere. No, ni siquiera me da vergüenza decirlo, ya lo ve, como una pánfila, pero de alguna manera tiene que ser cierto, por fuerza tiene que haber quien se quiera, de lo contrario, ¿qué sentido tendría todo? Ya sé que estamos solos y que nadie puede darte lo que te falta y que el otro nunca puede ser un sustituto de tus propias carencias, pero seguro que existen parejas que se acompañan en el día a día, que recorren juntas, al menos, una parte del camino. Esto sí que no se lo perdonaré, de verdad, que Usted sea el culpable de haberme convertido en una persona tan cursi. Sí, claro, me dice lo de siempre, que los sentimientos no son cursis y que el amor no es ridículo. Pues sepa que sus frases, cortas y dichas como sin ninguna intención, se me deben de haber quedado en algún sitio. Ya le digo, ahora que tengo tiempo me dedico a menudo no a intentar averiguar cuál de los hombres que veo en pareja se la pega a su mujer, sino de qué forma la quiere. Y cómo ese quererse no es un camino recto para toda la vida, pero intuyo, empiezo a intuir, que debe de ser mucho más confortable de lo que siempre he creído.

¿Quiere que le confiese otra cosa? Cuando ahora observo a las parejas hablándose, paseando por las plazas con el perro, sacudiéndose esa pizca de azúcar glas que se le ha quedado al otro en el labio, pasándose la mano por los hombros, con esa intimidad que siempre he temido, no solo he dejado de tenerles manía, sino que ahora, no sé cómo, me parece que pronto formaré parte del mismo club. Entre los solos y desgraciados y los emparejados mínimamente felices existe una frontera, y a mí me parece que ahora mismo estoy sobre ella, con un pie a punto de traspasarla y llegar al otro lado. Qué nervios, qué vértigo y qué ilusión al mismo tiempo.

X

Los chicos buenos estaban ahí, ¿sabe? Han existido siempre y los ha habido a mi alrededor. Ahora, con la distancia, con esta calma que tengo desde que ya no cazo cuerpos, los puedo reconocer y veo que huía de ellos. Los buenos, los de primera clase, los que yo siempre he creído que no eran para mí. Chicos guapos con un buen fondo, de los que tratan bien. Creo que a algunos incluso les gustaba. Pero yo no me podía creer que les gustase... Y ahora incluso... Bueno, ahora ya no, Usted y yo ya hemos quedado en que no debe haber ningún motivo que me impida considerarme digna de un buen hombre. Es solo que, bueno, aquel olor aún me angustia un poco.

Hubo, por ejemplo, un chico del barrio que decía que quería salir conmigo cuando yo aún no sabía de qué iba todo eso, un chico más o menos como yo a quien le grité «imbécil» no sé cuántas veces y que, por supuesto, no se volvió a acercar a mí. Yo creía que me estaba tomando el pelo. Después, en el instituto, hubo otro muy inteligente que me daba miedo. Pero este, la verdad, no sé si era de los buenos, porque tenía algo que no podía entender, ese chirrido que le he dicho que a veces emiten los hombres y que Usted dice que es un mensaje de mi intuición. Hubo aún uno más, también en el instituto, que era encantador, se ponía siempre el pelo detrás de la oreja y cuando sonreía te hacía sentir que el mundo era simplemente perfecto. Me parecía imposible que ese chico pudiese fijarse en mí. No sé, me lo imaginaba con una chica espigada y rubia, de esas tan delgadas que parecen hechas de aire, de esas con la cintura abarcable; yo, por mucho que intentase modificar mi cuerpo, no habría conseguido aquella ligereza. Por entonces creía que a los hombres guapos, inteligentes, atractivos y simpáticos tenían que gustarles por fuerza las rubias no muy complicadas y que no pensasen demasiado. Y no se crea, no es que estuviese gorda, pero pensaba que solamente el peso de mis huesos ya era mayor que el de aquellos cuerpos etéreos. Qué lástima no haberme permitido ejercer de protagonista, qué lástima considerarme tan solo merecedora de un segundo puesto, un lugar discreto, que no molestase mucho. Y ya ve, de allí salí a dedicarme a limpiar. Ahora me da un poco de pena, me veo ahí atrapada, viendo cómo la vida, la buena, les pasaba a los demás y no a mí. Entonces sentía rabia tanto hacia ellas como hacia ellos, pero de hecho era yo quien me sujetaba a mí misma, puede que para no descontrolarme.

En la fábrica me encontré con uno de esos chicos. Están por todas partes, ahora lo veo. Uno cariñoso que me llevó a pasear por un bosque una noche de sábado y me besó bajo las estrellas con ternura, acariciándome la barbilla. Por supuesto, lo rehuí como pude, lo fui esquivando hasta que se cansó de buscarme. Qué lástima, de verdad, era y es lo que llamamos una buena persona y todo habría sido tan fácil con él..., no sé, me habría querido, me habría cuidado y me habría acompañado.

Pero ¿sabe qué?, que tampoco se puede volver atrás. A veces tengo muchas tentaciones, no se crea, sobre todo cuando estoy tan sola que no sé qué hacer con el tiempo. Pienso en llamar a algún amante y sé que no lo haré porque ya no podría volver nunca más a aquello. Incluso cuando he bebido un poco hay algo que me detiene y me avisa si un hombre se me acerca. Ahora tampoco me enfado si me dicen que les gusto y veo que no me convienen o que solo quieren follar. Ni siquiera me enfado, solo digo que no. No, gracias, y punto. Se necesita toda una vida para aprender a decir que no.

Pues le decía que no se puede volver atrás, no solo con los amantes, sino también con los hombres buenos con los que podría haber tenido algo. Son oportunidades perdidas. El encuentro tuvo lugar en un momento concreto y yo tomé las decisiones que tomé. Luego todos vamos cambiando. Se lo digo porque a veces, cuando echo de menos a esos pocos hombres buenos que he conocido, me entran unas ganas terribles de buscarlos para ver si podría haber algo, pero es mejor mirar hacia delante. Al menos ahora los puedo guardar también como parte de mí, no solo a los impotentes, alcohólicos, adúlteros y el resto, también a los de buen corazón.

Pero, claro, ¿cómo iba a verlos si estaba empeñada en encontrar diferentes? Qué manía, ¿verdad? Ahora casi que lo entiendo: buscaba a los diferentes porque en realidad eran los que, enigmáticos, desconocidos, me daban más miedo. Pero, a fin de cuentas, ya lo sabe, los que me daban miedo eran todos los hombres. No por lo que pudieran hacerme durante el sexo, Usted ya sabe que yo en eso no tengo problema. No, la parte que más me inquietaba, la que me daba pánico y me angustiaba de una manera que no he podido controlar nunca, es la que va desde el primer instante del cruce de miradas hasta llegar a la cama. O sea, hasta vernos desnudos. Nunca he sabido qué hacer con los hombres durante ese tiempo, ni cuánto debe durar, ni cómo se supone que debo comportarme, qué papel me corresponde... Por eso intentaba esquivarlo como fuera yéndome a la cama con ellos tan pronto como podía, haciendo esa espera cuanto más corta mejor. Lo llamaba pasión y libertad, ser una mujer moderna, pero, Usted ya lo sabe, era ser una mujer cagada de miedo que no quería sexo sin afecto y no sabía cómo pedirlo. ¿Quién nos explica todo eso? ¿Quién nos lo enseña? Pues nadie, por supuesto. ¿Puedo confesarle algo? En realidad aún no sé qué debería hacer si ahora mismo encontrase a un hombre que me gustase de verdad. Solo con pensarlo me entra un vértigo...

Sí, ya sé que me dice que debería pensar qué significa ese mal aliento de mis sueños, pero tengo que decirle una cosa: hoy he soñado que me moría. Tan bonito, con una ilusión...

XI

Esta mañana me he levantado y me ha asaltado una frase que no se me va de la cabeza: ¿y si tuviese que tener esta forma? Primero la he pensado camino del baño, aún medio dormida, y se me ha ido repitiendo en la cabeza como un eco, se me ha mezclado con el agua, con el ruido de la cafetera, con la luz del día, hasta que, como si hubiese descubierto el secreto de todas las felicidades, he dicho, casi gritando: «¿Y si tuviese que tener esta forma?». Claro, no me entiende.

Verá, desde que me convenció de que sí se puede ser feliz, de que hay personas que encuentran a alguien con quien vivir y hacerse compañía y compartir un proyecto común y conectan no solo con el sexo sino con la cabeza y con las emociones y se cuidan una a la otra, desde que me hizo creer eso, yo por dentro siempre he pensado: «Sí, pero...». ¿Sabe cuáles eran esos peros? Pues que yo no estaba preparada, que era demasiado pronto, que no tenía la casa para recibir a nadie y, sobre todo sobre todo, que mi cuerpo no está lo bastante pulcro. Me decía que debía quitarme un trozo de aquí y un trozo de allá, alisarme esta parte, limpiarme esta otra, ser de otra manera, y, claro, ¿cómo quiere que pase nada si pienso así? También me decía que debía cambiar yo, mi trabajo de limpiadora, que ningún buen hombre querrá a su lado a una mujer que se dedique a eso, y además de noche. Bueno, lo de la noche me parece que ya es hora de que acabe, eso sí será posible. Aún no sé cómo, pero verá, estoy durmiendo tan bien las últimas semanas que me cuesta mucho imaginarme teniendo que hacerlo otra vez de día.

Le decía que no paraba de repetirme que tenía que cambiar, alisarme el cuerpo, pero también cambiarme yo por dentro. Me decía que tenía que ser menos complicada, dar menos vueltas a las cosas. ¿Qué hombre querría estar con una mujer que algunos días llora porque sí y de repente se ríe también porque sí? Una mujer que de repente no limpia nada y a veces se pone a limpiar como una loca, como si se fuera a acabar el mundo. ¿Se imagina al hombre que tenga que aguantarme? Pero, obviamente, esa no era en absoluto la palabra. No se trataba de aguantarme, ¿verdad?

Pues fíjese, así de fácil ha sido hoy decirme que debo tener esta forma y no otra. Toda la vida intentando ser otra cosa y qué desgaste, qué cansancio. Nada más pronunciar la frase se me ha ido el agotamiento de los últimos quince años, como si en realidad llevase mucho más tiempo intentando modificarme.

También he pensado en el mal aliento, no se crea, que tiene mucho que ver con esa frase. Primero he pensado que quizá la peste es mi carácter, que cambia tanto y es tan contradictorio que a veces nadie lo entiende, que eso, en el caso de tener un hombre al lado, puede ser un inconveniente. Luego he pensado que tal vez la peste era toda esa colección de hombres que han pasado por mí y que me han dejado marcada, que de algún modo puede que esté embrutecida por ellos.

Pero luego he pensado en el sexo y he comprendido que el que a mí me gusta es bastante cerdo, sucio, del que te revuelcas por el suelo como si lo hicieses en un barrizal. Y, claro, puede que eso no sea lo más conveniente para estar con un hombre. Yo creía que solo me gustaba el sexo de los dominadores, de los golpes y los tirones, de los mordiscos, porque quería olvidarme de mí, pero ahora me parece que es que me gusta así y punto. Usted no cree que sea una enfermedad, ¿verdad que no? El problema es que los hombres con los que he estado no eran adecuados para ese sexo, los mejores hombres para poder actuar como dominadores deben ser precisamente los que más aman a sus mujeres, los que mejor las tratan. Pero claro, yo no sé si es tan fácil encontrar a un hombre que no tenga a las mujeres por inferiores y a quien le puedas pedir que te haga según qué cosas, no sé si me entiende.

Verá, el sexo es como el teatro. No siempre, pero yo a veces necesito que el sexo sea teatro. Así se convierte en sueño. En los sueños, las cosas y las personas que salen no son las reales, las de carne y hueso. Las cosas significan otras cosas y las personas o bien significan otras personas o bien una parte de una misma. Existe una clase de sexo donde eso ocurre exactamente así. Por eso la cosa no puede cuadrar si la persona con la que juego es la misma persona que representa que es. ¿Me comprende?

Puede que no le pase a todo el mundo, pero a mí en ese juego me gusta que me dominen, ya se lo he dicho. No siempre, por supuesto, hay días en que apetecería un sexo pacífico sin máscaras. Pero, sobre todo cuando estoy muy estresada, si trabajo mucho, si estoy cansada, lo único que querría es que viniese un hombre y me pusiese fácil olvidarme del mundo. Antes creía que necesitaba olvidarme de mi propio cuerpo porque lo odiaba, me molestaba muchísimo. Pero ahora no, ahora lo que quiero es olvidarme del mundo precisamente para volver a mí misma.

Sí, así de complicado, que venga un hombre que quiera y me quiera y me ate, me vende los ojos, me muerda entre los hombros hasta dejarme un montón de medias lunas dentadas, que me hunda los dedos en estos huecos que tenemos aquí en la nuca, ¿ve?, justo donde la cabeza se junta con el cuello. Que me apriete fuerte con los dedos mientras me hunde la cabeza en el colchón. Yo me resistiría, por supuesto, como si no quisiera, pero él, como me conocería, seguiría. Luego me haría dar la vuelta y me agarraría por el cuello, mientras yo lo estiro para respirar, justo alrededor de la garganta, como si él me quisiera ahogar. Ahora entiende, ¿no?, que es muy importante poder hacer esto con un buen hombre que no tenga ganas de hacer daño de verdad. Es un sacrificio que él haría por mí, para darme placer. Normalmente los buenos dominadores no sienten placer haciendo daño, sienten placer al ver que el otro siente placer cuando le hacen daño. Son cosas distintas. ¿Sabe lo que ahora he comprendido de todo esto? Que de la misma manera que los dominadores para serlo no pueden ser maltratadores en la vida real, las dominadas tampoco pueden ser víctimas ni sumisas, porque entonces no estarían representando un juego, sino que sería de verdad.

Es complicado, ¿no? Sí, por supuesto, Usted me dice que tiene lógica, pero ¿qué hombre quiere que entienda esto? ¿No es pedir demasiado? Usted siempre dice que no, que lo único que necesito es permitirme creer que sí existe.

De momento solo puedo decirle una cosa: me parece que el hedor en sueños se ha acabado para siempre. Hoy he tenido otro en el que estaba a punto de besar a un hombre y me he parado por la peste. Sin embargo esta vez, aún en sueños, al detenerse la escena he dicho, como enfadada: «¿Otra vez? No puede ser, ya estoy harta, esto tiene que terminar». ¿Y sabe lo que he hecho? Me he ido a buscar a un especialista, un otorrinolaringólogo, y, volviéndome hacia mí misma, que veo la escena como en una película, me he dicho en voz alta: «Es la última vez que pasa esto, no te preocupes».

XII

Dice que sí que escribe finales felices y yo hasta ahora no le había creído. Claro, siempre nos dicen que los finales felices son fáciles y predecibles, cursis y cargados de idealismo, pero quizá es porque solo nos enseñan una parte. Y porque en una película la historia se tiene que contar en dos horas como mucho y con frecuencia ocurre que no sabemos lo que hay en el medio. He estado haciendo de la vida películas de hora y media en tiempo real y ahora creo que la puedo vivir entera. Ay, ¿ve como me hace decir tonterías?

Si hubiese sabido que sería tan fácil no habría tardado tanto, pero quizá es que tenía que aprender todo lo que he aprendido. No es suerte, ya lo decía Usted, pero mire si las cosas pueden ser sencillas.

Desde hace días salgo a caminar por las mañanas, muy temprano. Después de tanto tiempo viviendo al revés, no sabe lo feliz que soy levantándome pronto y saliendo a caminar cuando el aire es fresco y el día empieza a arrancar. A veces corro cuando siento que se me pierde el cuerpo y no me lo noto por alguna parte, me pongo a correr hasta que me agoto. Siempre hago el mismo recorrido, cada día, saboreando aún los sueños.

Precisamente el otro día mi sueño era la mar de bonito. Perdone que sea tan pesada, pero nunca había tenido sueños tan nítidos, tan claros. Me venía a buscar un hombre y juntos nos montábamos en un pájaro gigante con las plumas de mil colores; qué vértigo, no se crea. Pero me aferraba muy fuerte a él y ya no tenía miedo. Al descender el pájaro en picado hacia el fondo de un valle, ¿sabe quién estaba allí? Pues yo misma, cuando era pequeña, con un vestido azul celeste y agitando unos gusanos gigantes que se me movían entre mis dedos. La niña se volvía y nos miraba sonriente. Iba pensando en eso cuando de repente alguien me detuvo en mitad del camino de las afueras, entre olores embriagadores a tierra y a plantas. «Perdona, me parece que se te ha caído algo.» Era un hombre que me encuentro cada mañana, que corre pero en dirección contraria, y me señalaba el suelo, donde estaban mis llaves. Ni las había oído caer, de lo concentrada que estaba recordando el sueño. Se agachó y me las dio y yo lo miré desorientada.

Usted siempre me lo dice, que cuando lo vea sabré que es la persona adecuada, pero Usted, perdone que se lo diga, suena un poco brujo cuando dice esas cosas. Yo le decía que dudaba de mi radar, que ya no podía fiarme de esa intuición que me había engañado todo este tiempo, pero Usted insistía en decirme que la intuición siempre había estado presente, solo que yo la ocultaba para no protegerme, que ese era mi defecto de fábrica.

Pues mire, debe de tener razón, porque cuando vi a ese chico me dije que sí, que era él, que no sé qué tenía pero que el aspecto era de buena persona. Me puse tan nerviosa, me entraron tantas ganas de correr que le di las gracias y salí pitando. Luego me olvidé del tema, pensando que no sería más que uno de esos fogonazos míos que acaban en nada, pero al día siguiente, al encontrarnos, me sonrió. ¿Sabe qué? No se lo va a creer.

Íbamos los dos corriendo y de pronto, cuando estábamos uno delante del otro, nos paramos en seco y nos miramos, así, sin decir nada, observándonos y tanteando el terreno. De repente no tuve miedo, ni prisas, ni rehuí su mirada. Pensé que aquello era demasiado serio y que para tener toda la información debía observarlo bien y decidir si me gustaba lo suficiente. Vaya escena, Dios mío, tendría que habernos visto plantados allí en medio, como cuando los animales se encuentran y se olisquean, pero sin decir nada. Yo me llevé un par de dedos a una ceja para rascarme mientras pensaba mirando un momento al suelo, y al volver a encontrarme con sus ojos, no se lo pierda, los dos, al unísono, dijimos: «¿Quedamos?». Y, claro, luego nos estuvimos riendo un buen rato. Nos presentamos estrechándonos las manos como si hubiésemos cerrado un trato y quedamos al día siguiente para cenar en un restaurante del centro. «Si quieres, después —me dijo— podemos ir al cine o a tomar algo.» «Ya veremos», dije, y seguí corriendo, dejando que apareciera de golpe la enorme sonrisa que llevaba rato aguantándome.

Fuimos a cenar y ¿sabe qué? Ya no tengo miedo. Lo escucho y me escucho a mí misma para comprobar si la voz bajo la voz me avisa de algún peligro. De momento no lo hace. Escucho también su deseo, el modo en que me mira algunas partes del cuerpo mientras me habla, a pesar de sus esfuerzos por disimular. Ya no me enfado, ¿sabe por qué? Porque ya no me parece extraño que le guste mi cuerpo, a mí me gusta y aún me gusta más que vaya acompañado de mí. Él me gusta y me gusta su cuerpo y no siento ningún tipo de repugnancia si me imagino que tengo que verlo desnudo. Pero espero, no tengo prisa. Sé que es así como debe ser, que poco a poco nos iremos conociendo y un día, después del amor, llegará el sexo y será un sexo real que tendrá un significado, deseado, nacerá de mí real y consciente. Estarán presentes nuestros cuerpos pero también nosotros, personas enteras y no hechas de pedacitos. La ternura no nos asustará, ni el goce ni perdernos en el otro. Ni la intimidad. Será, por encima de todo, un sexo humano.

Nota de la autora

Hay libros que se escriben sabiendo *a priori* de qué irán, qué historia cuentan. Aunque en la ejecución de la idea previa siempre hay un proceso de transformación que hace que el «material» se convierta en aquello que ni la propia autora esperaba, a la página en blanco se va, en estos casos, con una carga considerable de elementos: los personajes, el tiempo, el núcleo del conflicto. En ocasiones, escribir una novela es como desenterrar un fósil, tal como lo explicaba Stephen King: tan solo hay que ir apartando la tierra para descubrir el tesoro, que sin duda se ha ido formando en la mente —inconsciente, supongo— de quien escribe. Las primeras novelas suelen ser así: hallazgos maravillosos que parecen venir dados, pero que en realidad contienen los elementos que vertebran la verdad literaria de toda la vida vivida hasta entonces. Fue así como escribí mi primera obra de ficción, *El último patriarca* (2008). La tenía ya concebida dentro de mí sin saberlo y se afanaba en salir mientras yo intentaba escribir otras cosas. Fue después de comenzar una terapia cuando pude eliminar el dique que retenía aquella primera novela.

Escribir la segunda suele ser el momento más complicado para quien quiere dedicarse a este oficio. Sobre todo si hemos tenido la suerte de ver publicada la primera. Si no fue bien recibida nos quedará una amarga sensación de fracaso, de haber completado un proceso tan arduo para nada. En un mundo en que las buenas críticas o las buenas ventas se consideran muestras indiscutibles de éxito literario, no captar la atención de los reseñadores ni del público puede ser un jarro de agua fría. No fue esa mi experiencia. Al contrario, el éxito de *El último patriarca* sobrepasó todas las expectativas que yo me había creado como autora que estaba empezando. Confieso que mi principal motivación a la hora de presentarme al premio Ramon Llull fue únicamente monetaria: después de años de compaginar trabajo, maternidad en solitario, carrera universitaria y escritura estaba tan agotada que solo quería descansar. Y para descansar necesitaba dinero. Comprar tiempo, como decía Rosa Regàs. Con el premio llegó el talón bancario, pero también otras cosas que no había ni imaginado: el afecto de miles de lectores y lectoras, el acceso al mundo literario y cultural, las traducciones a otras lenguas y, con ellas, los viajes y el contacto con personas de todo el mundo; una atención por parte de la crítica académica, sobre todo anglosajona, que aún me resulta sorprendente. En definitiva, descubrí lo que ya sabía como lectora: que los libros nos transportan a otras realidades, nos conectan con los demás, que vertebran una red de relaciones muy profundas, a veces más profundas incluso que las relaciones reales con personas del propio entorno.

No obstante, esta avalancha de cosas buenas que me deparó la historia de Mimoun también tuvo una vertiente no tan cómoda para la mujer de veintinueve años que era yo entonces. El caso es que algunos hicieron una interpretación en clave de «diferencia» de mi libro, buscando en sus páginas el exotismo y la realidad oculta de esos desconocidos que «están entre nosotros» pero no conocemos. Como si los marroquíes fuesen extraterrestres cuyas intimidades tuvieran que ser descubiertas. Por entonces yo no era consciente de este trasfondo morboso que observaba a los moros como por el ojo de la cerradura. Yo escribía sobre una familia como lo habían hecho tantos autores que había leído, y hablaba de violencia, de sexualidad, de poder, desarraigo, etcétera. Y lo hacía con el material que tenía a mi alcance. Me sentí abrumada por una lectura excesivamente *exotizante* de mi libro. Y también por el modo tan poco natural que tenemos en Cataluña de tratar a los *nouvinguts* que hablan catalán, más aún si escriben en la lengua de Rodoreda. Yo no me veía así, como ejemplo de nada, ni de integración ni de ninguna política en ningún sentido. Había ido al colegio como mis compañeros y había adquirido la manía de leer desde pequeña, y de leer pasé a escribir. Una historia de lo más normal y corriente.

Todo esto lo cuento porque cuando me dispuse a escribir «la segunda» quería huir tanto como me fuera posible de la consideración de «chica marroquí que escribe» o de tratar los temas que ya habían aparecido en *El último patriarca* y *Yo también soy catalana*. Me pesaba una identidad que entroncaba con mi origen pero que yo sentía sobredimensionada. Mi vocación no era ser «la bien integrada» o demostrar nada escribiendo, sino tratar los temas que me preocupaban y me interpelaban, interpretar el tiempo que me había tocado vivir. Y uno de esos temas era, sin duda, el de la sexualidad. Y el cuerpo. Y algo más, un malestar difuso al que ni siquiera era capaz de poner nombre.

Así llegué al texto que se acabaría convirtiendo en *La cazadora de cuerpos*, alejándome del contexto migratorio para ir más allá de una de mis propias circunstancias vitales (solo una) para averiguar qué le estaba pasando a una generación entera de mujeres como yo en el pantanoso terreno de lo que ahora conocemos como relaciones sexoafectivas. Pero no expurgué intencionadamente cualquier referencia a mi propia alteridad solo para huir de mi condición de «escritora mora-catalana», también lo hice porque mi educación sexual ha sido absolutamente occidental. Hui de un modelo tradicional, de una moral opresora clásica que censura el deseo de las mujeres y solo considera lícitas las relaciones dentro del matrimonio, pero el modelo que había adoptado en tanto que adolescente a finales de los noventa y joven activa sexualmente nacida al filo del milenio estaba conformado por series, películas y lecturas occidentales. Y mis iguales, amigas y compañeros de colegio y de instituto —después, de trabajo—, eran casi todos «autóctonos», y de la misma manera que había hecho mía su lengua hasta el punto de no considerarla adoptiva, también en el terreno de los valores sobre el amor y el sexo me había educado en esa cultura.

Por supuesto que a menudo me interpretaban de cierto modo porque yo venía de un contexto mucho más represor. Pero en las numerosas conversaciones que mantuve a lo largo de los años con amigas y conocidas que no provenían de familias musulmanas fui descubriendo que ellas también, poco o mucho, habían recibido en herencia unos valores conservadores que seguían dividiendo a las mujeres entre santas y putas, y, según los cuales, la promiscuidad femenina era estigmatizada y censurada, mientras que la masculina se celebraba. Cabe recordar que en aquella época los discursos feministas habían sido relegados a las cátedras universitarias y a sectores minoritarios, que las que se manifestaban cada 8 de marzo en las plazas no eran más que cuatro gatas.

De una u otra manera, nacidas aquí o allá, todas venimos del modelo castrador patriarcal que niega nuestro deseo o lo supedita al de los hombres. Pero a finales de los noventa y principios del milenio habitábamos un espejismo según el cual ya vivíamos en igualdad y en una situación de libertad sexual absoluta. Las mujeres creíamos que éramos como los hombres en todo y podíamos, como ellos, hacer lo que quisiéramos con nuestros cuerpos. Entonces, ¿por qué hablábamos tanto del amor y el sexo? ¿Por qué dábamos vueltas y más vueltas al tema? Y aún más importante: ¿por qué sentíamos que algo no acababa de funcionar en el supuesto paraíso de la liberación sexual?

La separación entre el amor y el sexo es una novedad propiamente occidental. Si rememoro, pongamos por caso, lo que me contaban las mujeres rifeñas con las que hablaba cuando volvía al pueblo (tías, primas, amigas) y algunos hombres con los que pude mantener conversaciones interesantes años más tarde, para todos ellos esta separación radical entre estos dos elementos no existía. Se hablaba de grados de compromiso («solo juega conmigo», o «solo me quiere para pasar el rato» era una queja recurrente de quienes tenían relaciones fuera del matrimonio y sentían que el otro las utilizaba para satisfacer sus necesidades pero no las quería de verdad). Es posible que esa realidad fuese fruto de la moral tradicional, pero yo diría que también lo es de una visión más holística de la persona, en la que no hay una división entre el cuerpo y la mente.

Y es que, en Occidente, Descartes nos hizo un flaco favor. Aunque la raíz del dualismo quizá habría que buscarla más atrás en el tiempo, en la tradición judeocristiana.

En cualquier caso, ahora mismo, en el mundo occidental esta separación entre mente, alma, psique, consciencia y cuerpo es hegemónica y trasciende todos los ámbitos vitales. De algún modo hemos convertido la parte física, material, de aquello que somos en un objeto que puede ser observado, escrutado, calibrado, modificado, mortificado y maltratado de múltiples formas. Al capitalismo le va bien así, ha encontrado en el cuerpo una fuente casi inagotable de provecho económico. Hoy ya no es necesario poseer tierras para explotarlas ni tener trabajadores para someterlos a la disciplina industrial con el fin de obtener el máximo rendimiento. Las empresas extractoras pueden aprovechar el malestar de las personas para introducirse en sus casas, en su intimidad. El psicologismo conductista, el miedo a enfermar o a no gustar, sumado al desarrollo tecnológico y a la dimensión totalitaria del mundo audiovisual hacen el resto. Hoy ser libres es una tarea mucho más difícil de lo que habíamos imaginado, porque para tener esa libertad se necesita conocimiento de uno mismo, de las propias necesidades y de los propios deseos, lo cual es imposible en el estado de alienación actual.

Pero yo no sabía que con *La cazadora de cuerpos* quería hablar de estas cuestiones, de cómo la cultura dominante pervierte y manipula el deseo. En un principio lo que quería era escribir sobre sexo. Aunque socialmente y, sobre todo, literariamente se haya juzgado un asunto secundario o incluso frívolo, yo siempre lo he considerado un terreno fértil para la creación por el hecho de que se trata de un espacio íntimo atravesado por toda clase de elementos: los de la biografía de la persona, los sociales, los políticos, etcétera. En la cama (o donde sea) hay mucho más que dos cuerpos que follan. Hay imaginario y materialidad, significado y concreción, hay hallazgos y sorpresas. Un poco como en la escritura, que nunca sabes dónde te va a llevar.

No solo quería tratar el sexo porque fuese «interesante» y profundo, también era (y es) excitante, divertido. Y un auténtico desafío. El primer obstáculo con el que tropecé cuando decidí escribir *La cazadora de cuerpos* fue el lenguaje. Releía a autores y autoras que habían hablado del tema y me encontraba con un vacío, una sensación de «no, esto no es». Existía un paradigma establecido, un patrón que parecía haber condicionado toda la literatura erótica que leía. El marqués de Sade o Henry Miller me hacían sentir muy mal, como si estos autores en realidad odiasen a las mujeres (aún no había leído *Política sexual*, de Kate Millett, ni había escuchado las conferencias de Alicia Puleo sobre el francés). Otros autores o abordaban la cuestión en clave socarrona (con una ironía que establecía una distancia con la intimidad) o tenían protagonistas que tampoco parecían apreciar demasiado a las mujeres. Había también muchos que veneraban a las santas y fustigaban con menosprecio a las únicas a las que tenían acceso: las putas. Aquí se debe de notar la herencia de la doble moral franquista. Pero no solo.

En la mirada masculina hay una violencia profunda que abunda más de lo que quisiéramos. Algunos autores que he admirado por su sensibilidad han transmitido una visión muy oscura de las mujeres, un menosprecio que me ha provocado más tristeza que otra cosa. Pero el problema no era solo la visión y el tratamiento del tema, sino el propio lenguaje con que se expresaba. Un activista rifeño con el que conversé hace años me hizo notar que en la lengua de mis padres todas las expresiones y palabras que hacen referencia al sexo están cargadas de violencia. Analicé el resto de las lenguas que conozco con la misma lupa y no tardé en darme cuenta de que también utilizan eufemismos violentos.

Quizá el problema con la lengua tiene que ver con la concepción misma que tenemos hombres y mujeres de la sexualidad. Para las que crecimos siendo «ya iguales», descubrirnos la diferencia fue toda una revelación: no hacía falta tener muchas experiencias para llegar a la conclusión de que ni sentíamos ni vivíamos el sexo de la misma forma. No éramos conscientes, nosotras, tan liberadas, de que el modelo hegemónico imperante era masculino. «La autoestima de una mujer está en todo el cuerpo; la de un hombre, en unos cuantos centímetros», me dijo Carlos, mi marido, a quien le consulto estas cuestiones en tanto que psiquiatra con muchos años de experiencia. En lenguaje feminista diríamos que la sexualidad imperante es falocéntrica. Pero también lo es desde el punto de vista literario. Incluso me pareció que algunas de las mujeres a las que leí para tener un modelo alternativo de representación del erotismo seguían uno similar al de los hombres, de algún modo estaban marcadas por el mismo patrón.

Esta dificultad con el lenguaje me llevó a reflexionar a propósito de las representaciones del deseo y sobre si en realidad hombres y mujeres hablamos de lo mismo cuando hablamos de sexo. De hecho, en el camino que recorre la protagonista de *La cazadora de cuerpos* descubro una verdad en la que no me había fijado antes de escribirla: que su deseo es, en realidad, un deseo condicionado por el de los hombres que la desean, como si fuese su reflejo. Como si la excitación y el placer le viniesen del hecho de ser vista como sexualmente atrayente. Por eso en la primera parte de la novela hay un protagonismo tan importante de la mirada externa. Hay cierto exhibicionismo, por supuesto, que también es hegemónico en nuestra sociedad: cualquier mujer que quiera tener éxito en el mundo del espectáculo, por ejemplo, debe mostrarse en público. Existe una necesidad de ser mirada que confluye con la tendencia *voyeur* que prevalece en la sexualidad masculina. El viaje que hace mi protagonista —lo veo más claro ahora que he revisado a fondo el texto— va de su condición de «mirada» desde fuera, de objeto de deseo de los hombres, si se quiere, a un sentir, una sexualidad y un deseo más arraigados en el propio cuerpo y las propias sensaciones, más integrados. En cierto registro teórico tal vez podríamos decir «encarnados». En todo caso el proceso de limpieza que hace en casa del escritor la va llevando hacia una especie de reencuentro consigo misma, y por eso contar en voz baja las aventuras sexuales que ha ido teniendo le permite ir dejando atrás los cuerpos cazados para volver al propio. Es, si se quiere, un proceso que deshace tanto la alienación del propio deseo como el desdoblamiento entre este y los afectos.

De modo que escribiendo *La cazadora de cuerpos* fui descubriendo que un problema de lenguaje era en realidad un problema de concepto, de contenido, y que la forma y el fondo son, de hecho, la misma cosa, lo cual puede aplicarse también a la escritura y el papel del cuerpo en este oficio. La tradición literaria nos ha impuesto también una división radical en la que las tareas intelectuales nunca tocan la materialidad del cuerpo, como si escribiésemos y pensásemos solo con la cabeza, cuando es obvio que no somos seres disociados. Ni mucho menos. Ahora hay neurocientíficos que llevan a cabo sesudos estudios para llegar a la conclusión de que lo que se nos pasa por la cabeza y lo que nos pasa en el cuerpo están más conectados de lo que pensábamos; que sentir y pensar no son cosas radicalmente diferentes. Bienvenidas las pruebas científicas para demostrar lo que mi abuela ya sabía; cuando me asustaba por algo, me salpicaba con agua porque un susto, decía, podía convertirse en enfermedad.

El proceso de escritura de *La cazadora de cuerpos* fue físico, corporal, material, hasta el punto de que yo sentía que las frases y las palabras tecleadas (en según qué pasajes, también escritas a mano) no eran más que una emanación de mi propio cuerpo. Fue este procedimiento, el de escribir arraigada a mi materialidad, lo que me permitió llevar a cabo un proceso similar al de la protagonista: volver a mí después de años de sentirme compartimentada entre infinidad de facetas vitales (trabajo, maternidad, escritura, sexo, amor, matrimonio). Más que ninguna otra novela, esta me deparó una transformación muy profunda. Adentrarme en el terreno pantanoso de la sexualidad no fue tan divertido como había pensado antes de empezar. Creía que sabía de qué quería hablar, pero no tenía ni idea. El proceso supuso una penetración a tientas en una serie de galerías subterráneas en las cuales descubría cosas que yo misma desconocía. Observar, describir, diseccionar, analizar y exponer la sexualidad de la protagonista me permitió entender que el sexo es mucho más que un simple roce de cuerpos para la satisfacción de una necesidad biológica. Para muchos lectores puede que esto sea una obviedad que no necesita tantas páginas para ser abordada, pero no lo era para mí en aquel momento. Todavía pensaba que se podía follar sin intervenir nosotras, sin complicaciones. Sin sentir.

Comencé *La cazadora de cuerpos* con la intención de hablar de sexo, pero la acabé hablando de muchas otras cosas. Había erótica, sí, pero una erótica diferente de la que había leído. Y pasajes desagradables que más bien destemplaban. ¿Un sexo antierótico? ¿Por qué? ¿Por qué en lugar de salirme una novela excitante y repleta de aventuras gozosas mi protagonista lo pasaba tan mal? ¿Qué le ocurría? ¿Qué era lo que no funcionaba?

La escritura de este libro fue un proceso doloroso. Más que con cualquier otro que haya escrito, porque constantemente huía, sabía que escondía una verdad que yo misma me negaba a asumir. Había una represión, pero no era la que yo me había imaginado. La protagonista hacía lo que quería, no se ataba a ningún hombre, no caería en la trampa del amor romántico ni en la monogamia. El modelo que no debía seguir y del que huía era el de las compañeras de la fábrica, que trabajaban dentro y fuera de casa y tenían todas historias terribles de maltrato y explotación. Ella no se implicaría emocionalmente y haría lo que han hecho siempre los hombres: usarlos, convertirlos en objetos, *fetichizarlos*; en este caso por la vía del exotismo, de buscar a los «diferentes», los inmigrantes llegados a la ciudad. De paso, yo me vengaba invirtiendo la exotización a la que había sido sometida en tanto que escritora.

Para que *La cazadora de cuerpos* fuera una novela erótica debería haberse centrado únicamente en la experiencia sexual sin abordar lo que siente o deja de sentir la protagonista más allá de ese terreno; mostrar cómo folla sin tratar el trasfondo emocional, todo lo que está en juego más allá de los cuerpos. Cuando la terminé hube de asumir que había parido un hijo muy diferente del que me había imaginado.

Confieso que he tardado mucho tiempo en volver a ella porque durante años he sufrido un tipo de dismorfofobia de la escritura: si leía un texto sabiendo que era mío lo encontraba horroroso, deformado, veía más defectos de los que había en realidad; una cosa parecida al trastorno adolescente que consiste en verse como una no es en el reflejo que devuelve el espejo. Cosa que, por supuesto, hace muy difícil el proceso de corrección, que según cómo es tanto o más importante que la escritura misma. Han tenido que pasar muchos años, muchos libros y un proceso de madurez que solo llega con el tiempo para poder enfrentarme con lo que he escrito sin quererlo destruir, para tolerar mis propios errores y aceptar que la búsqueda del ideal solo puede ser un motor que te encamina hacia un proceso de mejora y no un mecanismo que paralice o ahogue el impulso de crear. Diría que esta es la batalla cotidiana de cualquiera que se dedique a este oficio. Sigo dudando en cada palabra, en cada frase, pero para no detenerme me digo que quizá es «cuando dudo cuando veo con claridad», como si la escritura fuera más un descubrimiento que la plasmación de una certeza.

Debo decir que he tenido la suerte de que este proceso que he vivido a lo largo de los años, y que me hace más consciente de lo que quiere decir escribir y reescribir, lo he ido llevando a cabo de la mano de personas que han recibido con respeto y afecto mi trabajo, empezando por mi editora en catalán desde hace tantos años, Pilar Beltran. Los escritores no parimos solos, necesitamos comadronas, y yo he tenido la suerte de contar con unas cuantas con quienes he compartido este viaje.

Sea como sea, una novela sobre sexo pero no erótica no era demasiado fácil de entender hace quince años, y quizá por eso ni yo ni quienes contribuyeron a su publicación supimos cómo presentarla bien al mundo. Ahora que hay un aluvión de autoras jóvenes con libros introspectivos que hablan del deseo y la sexualidad, del cuerpo y de estos tiempos de consumir a los demás, espero que sea más comprensible.

El momento histórico determina la lectura y lo que consideramos o dejamos de considerar verosímil. Hace quince años había quien me decía que nadie se creería que una limpiadora pudiese tener todo ese mundo interior. Qué clasistas éramos antes de la crisis y del nacimiento de una cierta conciencia social. Antes las limpiadoras siempre eran «otras» y los libros sobre sexo los protagonizaban señoras ricas que compraban zapatos y lencería carísima y se acostaban en hoteles de cinco estrellas. Hasta el sexo les negamos a los pobres, como si las trabajadoras de las fábricas no estuviesen expuestas a los cambios culturales, como si siempre tuviesen que quedar al margen de las representaciones literarias.

En este sentido, me encontré con otro obstáculo relacionado con el lenguaje. Recuerdo hacer un esfuerzo consciente por «rebajar» el modo en que se expresaba mi protagonista, por hacerla más «real». Una limpiadora no podía utilizar según qué expresiones, debía hablar como lo que era. Es una premisa del realismo que sentí como un corsé. Porque una cosa es la lengua escrita y otra la real, y no es necesario «adaptar» la primera a la segunda. Más que escribir como habla y como piensa una limpiadora (que además las hay muy diversas, dicho sea de paso), es importante escribir como hablaría y pensaría una limpiadora si fuese escritora y tuviese las herramientas que tiene quien escribe. No es realista, por supuesto, pero creo que se aproxima más a la representación de la verdad. Después de todo, nadie escribe como habla.

Otra de las verdades que se me revelaron escribiendo *La cazadora de cuerpos* es que la sexualidad comienza por una misma, pero que cuando la cultura la representa de manera poderosa, esta representación tiene un efecto enorme e invade y determina el deseo. En este sentido, la forma que ha adoptado esta representación en nuestra cultura (occidental), que se tiene por la más liberada de todas, contiene en realidad represiones que no identificamos. Únicamente somos conscientes de que venimos de una moral tradicional que penaliza y persigue lo que ahora se llama «sexualidades disidentes». La monogamia sería, en este caso, el símbolo de esta visión tradicional, y el sexo por el sexo, sin compromiso alguno, una muestra de liberación. Lo que no se nos explica es lo que vive la protagonista de la novela: una represión radical de las emociones y los afectos, del establecimiento de vínculos profundos, que implica un conocimiento y un descubrimiento del «otro» en tanto que persona, con toda su complejidad, y no solamente de su «cuerpo». La cazadora también habría podido ser «la consumidora» o «la devoradora de cuerpos» por la forma compulsiva que adopta en sus relaciones sexuales, lo cual encaja con la raíz bulímica de su comportamiento. Y en el proceso de consumir al otro está implícita la idea de destrucción. En la reescritura que he hecho ahora del texto he descubierto que en el proceso de convertir a los amantes en objetos de consumo la protagonista se va destruyendo a sí misma, como si se fuese degradando cada vez más, como si en el proceso de deshumanización de sus presas se fuese deshumanizando a sí misma.

La limpieza, no haría falta decirlo, no es más que una metáfora del proceso terapéutico que realiza la protagonista cuando habla con el escritor y le va contando sus encuentros. No es que se sienta sucia y tenga que limpiarse, es que la limpieza en la intimidad de un piso (no en la fábrica) le permite relatar y, por tanto, poner orden hasta que finalmente consigue «elaborar» lo que le ha pasado, lo cual hace en la segunda parte.

Es la atención del escritor (la «escucha activa», como dicen ahora) lo que le permite ir descubriendo la multiplicidad de sus propios sentimientos en el terreno de la sexualidad. Todavía necesitamos muchos más relatos sobre cómo la vivimos las mujeres, relatos honestos que aborden su complejidad, los matices, las contradicciones y los cambios. Y admitir las implicaciones afectivas, porque, por mucho que lo pretendamos, no somos solamente cuerpos. Ni nosotras ni ellos, lo que no quiere decir que no podamos disfrutarnos con diferentes grados de compromiso.

Si hay algo que me ha molestado especialmente de algunas lecturas que se han hecho de *La cazadora de cuerpos* es que tilden el libro de «moralista». Como si el hecho de admitir y asumir que para muchas mujeres el modelo del sexo por el sexo no funciona porque tienen que dejar los sentimientos fuera de la ecuación y deben escindirse de sí mismas y despersonalizarse y despersonalizar a su compañero sexual constituyese una defensa de un modelo represor de la sexualidad. No es ni ha sido nunca mi intención, pero si hemos pasado de la represión del sexo a la represión de los sentimientos tendremos que hablar de ello, ¿no? El final de la novela no es una negación de la sexualidad «poco normativa» de la protagonista, sino la plasmación de su proceso de maduración, que la lleva a concluir que también ella quiere amar y ser amada, y que, en realidad, el sexo no es nunca «solo sexo».

La moral tradicional no es buena para las mujeres porque niega nuestro deseo y lo relega a la esfera de lo que es lícito —la monogamia heterosexual (edulcorada con la estafa del amor romántico, para más inri)—, pero el modelo de liberación sexual que se ha impuesto tampoco parece ser satisfactorio para muchas de nosotras. No se trata de follar por el agujero de la sábana o hacerlo con desconocidos, sino de conocer nuestro propio deseo y las necesidades propias más allá del modelo que nos proponen. Por supuesto que aquí no he abordado la cuestión de la violencia y del riesgo que supone para las mujeres el simple hecho de compartir intimidad con desconocidos (habría sido otra novela), pero, en mi opinión, todavía existe una revolución sexual pendiente; una femenina y feminista en la que, para empezar, seamos soberanas emancipadas de nuestra sexualidad y acudamos a los encuentros con nuestras parejas (o tríos o lo que sea) sabiendo lo que queremos y lo que no, lo que implica y lo que no. Y podamos ir por el mundo con esa ética sexual propia sin ser nosotras objetos, siendo sujetos conscientes y orgullosamente deseantes.

Octubre de 2025

Índice